루쉰문고

0 2

열풍

루쉰문고 02 열풍

초판 1쇄 인쇄 _ 2011년 7월 1일
초판 1쇄 발행 _ 2011년 7월 10일

지은이 · 루쉰
옮긴이 · 이보경

펴낸이 · 유재건 | 주간 · 김현경
편집 · 박순기, 주승일, 태하, 임유진, 김혜미, 강혜진, 김재훈, 고태경, 김미선, 김효진
디자인 · 서주성, 이민영 | 마케팅 · 정승연, 황주희, 이민정, 박태하
영업관리 · 노수준, 이상원, 양수연

펴낸곳 · (주)그린비출판사 | 등록번호 · 제313-1990-32호
주소 · 서울시 마포구 동교동 201-18 달리빌딩 2층 | 전화 · 702-2717 | 팩스 · 703-0272

ISBN 978-89-7682-132-4 04820 978-89-7682-130-0 (세트)
이 도서의 국립중앙도서관 출판시도서목록(CIP)은 e-CIP 홈페이지(http://www.nl.go.kr/
ecip)와 국가자료공동목록시스템(http://www.nl.go.kr/kolisnet)에서 이용하실 수 있습니다.
(CIP제어번호 : CIP2011002694)

그린비출판사 나를 바꾸는 책, 세상을 바꾸는 책
홈페이지 · www.greenbee.co.kr | 전자우편 · editor@greenbee.co.kr

열풍

熱風

이 보경 옮김

ㅎ**B**
그린비

| 차례 |

| 일러두기 |

1 이 책은 중국에서 출판된 『魯迅全集』 1981년판과 2005년판(이상 北京: 人民文学出版社) 등을 참조하여 우리말로 옮긴 책이다.

2 각 글 말미에 있는 주석은 기존의 국내외 연구성과를 두루 참조하여 옮긴이가 작성한 것이다.

3 단행본·전집·정기간행물·장편소설 등에는 겹낫표(『 』)를, 논문·기사·단편·영화·연극·공연·회화 등에는 낫표(「 」)를 사용했다.

4 외국의 인명이나 지명, 작품명은 〈국립국어원〉에서 펴낸 '외래어 표기법'에 근거해 표기했다. 단, 중국의 인명은 신해혁명(1911년) 때 생존 여부를 기준으로 현대인과 과거인으로 구분하여 현대인은 중국어음으로, 과거인은 한자음으로 표기했으며, 중국의 지명은 구분을 두지 않고 중국어음으로 표기하는 것을 원칙으로 했다.

열풍

『열풍』(熱風)에 수록된 작품은 1918년부터 1924년까지 쓴 잡문 41편이다. 1925년 11월 베이징 베이신서국(北新書局)에서 초판이 나왔으며, 필자 생전에 10판까지 찍었다.

제목에 부쳐[1]

요즘 시창안가西長安街 일대를 걷다 보면 행색이 남루한 가난한 아이 몇 명이 신문을 사라고 외치는 모습을 볼 수 있다. 삼사년 전 그들의 옷에 간간이 제복 모양의 흔적이 남아 있던 시절과 그보다 앞서 그야말로 보이스카우트[2]같이 어엿한 품새를 자랑하던 시절을 기억하고 있다.

그때는 중화민국 8년 즉, 서기 1919년 5월 4일 베이징 학생들이 산둥 문제[3]에 대한 시위를 벌인 뒤였다. 당시에 전단을 배포한 사람들이 보이스카우트였고, 무슨 영문인지 장사꾼의 주목을 끌어 보이스카우트 식의 신문팔이 아이들이 출현하게 된 것이다. 그 해 12월 일본 공사 오바타 유키치가 항일운동에 항의했는데,[4] 정황이 올해와 대체로 일치한다. 다만 올해의 신문팔이들은 처음에 입었던 새 옷이 다 낡았지만 다시 새로 해 입지 않았기 때문에 세월의 더께가 쌓인 궁기를 드러내고 있을 따름이다.

내가 『신청년』의 「수감록」[5]에 단평을 쓰던 시기는 이보다 한 해

앞선다. 평론의 대부분은 사소한 문제였으므로 말할 것도 못 되고 그 원인도 대부분 잊어버렸다. 그런데 발표된 글을 살펴보니 총론 몇 가지 말고는 점술, 정좌靜坐, 권법에 대하여 이야기한 것, 소위 '국수國粹 보존'에 대하여 이야기한 것, 당시 구관료의 경험 과시에 대하여 이야기한 것, 상하이 『스바오』의 풍자화에 대하여 이야기한 것[6] 등이다. 당시 『신청년』은 사면초가의 형국이었다고 기억하는데, 내가 대응한 것은 사소한 사건들에 지나지 않는다. 나머지 큰 사건은 『신청년』에서 다루고 있었으므로 나의 여러 말이 필요 없었다.

5·4운동 이후에 나는 글 따위를 쓰지 않았다. 지금 생각해 보니 쓰지 않았던 것인지 흩어져 사라진 것인지 분명치 않다. 그런데 당시 혁신운동이 표면적으로 꽤 성공했기 때문에 혁신 주장도 왕성해졌고, 게다가 이전에 『신청년』을 조소하고 욕하던 많은 사람들도 신문화운동이라는 위풍당당한 이름을 들고 나왔다. 그들은 훗날 이 이름을 거꾸로 『신청년』에 덧씌워 다시 욕설과 조소를 퍼붓던 사람들이다. 백화문을 비웃고 욕하는 사람이 왕왕 스스로 사회적 풍조의 최선봉임을 자처하며 일찍이 백화문을 주장한 적이 있다고 말하는 것과 같은 형국이었다.

그후로는 더 말할 것도 없다. 다만 1921년에 발표한 한 편은 소위 '허무철학'이라는 것에 대해서 이야기한 것으로 기억하고 있다. 다시 일 년 뒤에는 상하이의 소위 '국학가'國學家라는 것에 대해 이야기했는데, 무슨 영문인지 당시 홀연 많은 사람들이 국학가로 자처하고 나섰던 것이다.

『신청년』이 출판된 이래 모두가 그것에 대응하여 개혁을 비웃고 욕하다가 다시 개혁을 찬성하다가 다시 개혁가를 비웃고 욕했다. 지금 모방한 제복은 일찌감치 낡고 해져 자신의 진상을 드러내고 있다. 그야말로 '사실이 웅변을 이긴다'라는 형국이므로 지필과 혀로 하는 비평이 무슨 소용이겠는가? 따라서 내가 그 시절에 대응하여 쓴 천박한 글 역시 신경 쓸 필요가 없었으므로 사라지도록 내버려 두었다. 그런데 몇몇 벗들이 지금의 사태가 그때와 크게 다를 바 없으니 당시에 쓴 글을 남겨 둘 필요가 있다고 여기고 나를 위해 편집해 주었다. 이것이 바로 내가 비애를 느끼는 바이다. 나는 시대의 폐단을 공격한 모든 글은 반드시 시대의 폐단과 더불어 사멸해야 한다고 생각한다. 백혈구가 종기를 생성하는 것과 마찬가지이기 때문이다. 자신이 제거되지 않으면, 다시 말하면 자신의 생명 유지는 바로 병균이 여전히 존재함을 증명하고 있는 것이다.

　　그런데 만약 내가 쓴 모든 글이 정녕 차가운 것이라면? 그렇다면 그것의 생명은 애초부터 없었던 것이므로 중국의 병증이 필경 무엇인지는 더욱 문제되지 않는다. 그런데 무정한 냉소와 인정 어린 풍자는 종이 한 장 차이도 나지 않는 법이다. 주위의 느낌과 반응에 대해서는 소위 "물고기가 물을 마실 때 차가운지 뜨거운지를 절로 아는 것과 같다"[7]라고 할 수 있다. 주위의 공기는 너무나 차갑게 느껴진다. 허나, 나는 나의 말을 하고 있으므로 외려 그것을 일러 『열풍』이라 부르기로 한다.

1925년 11월 3일 밤 루쉰

주)_____

1) 원제는「題記」.

2) 보이스카우트(Boy Scouts, 童子軍). 1908년 영국 군관 베이든-파월(Robert Baden-Powell, 1857~1941)이 창립. 군사훈련을 받고 사회공익 활동에 종사한 소년 조직으로 서양 각국으로 퍼졌고, 중국에는 1912년에 만들어졌다. 5·4운동 시기에 전단 배포 등의 활동에 참가하기도 했다.

3) 제1차 세계대전이 끝난 뒤 연합국은 1919년 1월에 '파리강화회의'를 열었다. 중국은 전승국으로서 참가 초청을 받았으나 회의는 영, 미, 불 등의 주도 아래 패전국인 독일이 1898년 중·독 '자오아오(膠澳) 조계조약'에 따라 산둥(山東)에서 약탈한 각종 특권을 모두 일본에 양위하기로 결의하고, 베이양(北洋)정부도 이 결의에 서명하려고 했다. 이 소식이 전해지자 모든 중국인이 분노했다. 베이징 학생들은 5월 4일, 수업거부를 하고 시위를 하며 파리강화회의의 결의를 반대하고 친일파 관료를 처벌할 것을 요구했다. 베이징 학생들의 투쟁은 5·4운동의 발단이 되었다.

4) 1919년 5·4운동이 폭발한 뒤 중국 민중들은 일본상품 거부운동을 전개했다. 푸저우(福州) 주재 일본 영사관은 이 운동을 방해하기 위하여 11월 15일 일본 낭인과 사복 경찰로 하여금 애국적 신극을 공연하는 학생들을 구타하게 했다. 이튿날까지 이어진 무자비한 공격으로 학생과 시민 여러 명이 죽거나 상해를 입었다. 이것을 푸저우 참사라고 한다. 그런데 주중 공사 오바타 유키치(小幡酉吉, 1873~1947)는 12월 5일, 도리어 중국 외교부에 '항의'하고 "사건의 책임은 전적으로 중국에 있다"고 강변하며 중국 민중의 반제국주의 애국운동을 단속할 것을 요구했다. 오바타 유키치는 주중 참찬(參贊)을 역임하던 중 1915년 일본 공사 헤키 마쓰(日置益)와 위안스카이(袁世凱)가 소위 '21개조' 조약을 맺는 데 기여하기도 했다.

5) 『신청년』(新靑年)은 1918년 4월 제4권 제4호부터「수감록」(隨感錄)이라는 이름으로 사회와 문화에 관한 단평을 실었다. 처음 몇 편은 순서만을 표기하고 고유의 제목은 없었다. 56편부터 각 편마다 제목이 달렸다. 루쉰은 1918년 9월 제5권 제3호의「수감록 25」부터 1919년 11월 제6권 제6호「66. 생명의 길」까지 총 27편을 발표했는데, 모두 본서에 수록했다.

6) 여기서 말한 상하이의 『스바오』(時報)는 상하이『시사신보』(時事新報)라고 해야 한다.「수감록 46」을 참고할 수 있다.

7) 당(唐) 배휴(裴休)가 희운(希運)의 설법을 편집하여 편찬한『황벽산 단제선사 전심법

요.』(黃檗山斷際禪師傳心法要)에 "명(明, 상좌)은 암시 속에 홀연 깨달아 곧 절을 하며 '사람이 물을 마심에 차가움과 뜨거움을 스스로 아는 것과 같다'라고 말했다"라는 대목이 나온다. 남송(南宋) 악가(岳珂)가 쓴 『정사』(程史)의 「기룡면해회도」(記龍眠海會圖)에도 "법이 있는지 없는지, 상(相)이 있는지 없는지에 대해서는 물고기가 물을 마실 때 차가움과 따뜻함을 절로 아는 것과 같다"라는 대목이 나온다.

수감록 25[1]

나는 예전에 옌유링[2]이 어느 책에선가 발표한 의론議論을 본 적이 있다. 책 이름과 원문은 모두 잊어버렸으나 대강의 뜻은 이러하다. 베이징 거리에서는 수레바퀴나 말 다리 사이에서 뒹굴며 노는 많은 아이들을 보게 되는데, 그 아이들이 치어 죽지 않을까 아주 걱정스럽고, 또한 그들의 장래가 어떨지를 생각하면 아주 두렵다는 내용이다. 그런데 사실 다른 곳도 수레나 말의 숫자에 차이가 있을 뿐이지 모두 같은 모습이다. 지금 베이징에 와 보니 이런 상황은 여전해서 나도 시시각각 이런 염려가 드는 한편, 옌유링은 필경 헉슬리의 『천연론』을 '지은'[3] 인물인지라 확실히 뭇사람들과 다르다는 탄복을 하게 된다. 그는 19세기 말 중국에서 감각이 예민한 사람이었던 것이다.

빈민의 자식들은 봉두난발에 꾀죄죄한 얼굴로 거리를 전전하고, 부호의 자식들은 아리따운 모습, 아리따운 자태, 아리따운 목소리, 아리따운 분위기로 집안을 전전한다. 전전함이 대범해지면 모두 날 저

물도록 사회를 전전하게 되는데, 그들은 그들의 부친과 같거나 혹은 더 못하다.

따라서 열 살 남짓한 아이들을 보면 20년 후의 중국 상황을 짐작할 수 있고, 스무 살 남짓한 청년들——그들은 대개 아이가 있고 아버지로 존중받고 있다——을 보면 그들의 자식과 손자를 추측할 수 있고 50년 뒤, 70년 뒤 중국 상황을 알 수 있다.

중국에서는 자식을 낳기만 하면 건강하든 건강하지 않든 상관하지 않고, 숫자가 많기만 하면 재주가 있든 없든 상관하지 않는다. 자식을 낳은 사람은 자식 교육에 책임지지 않는다. '인구가 많다'는 말은 짐짓 자랑일 수도 있을 터이다. 그런데 이 많은 사람들이 먼지 속에서 전전하고 있을 뿐이다. 어려서는 사람대접을 못 받고 커서는 사람 노릇을 못 하고 있다.

중국에서는 장가를 일찍 가는 것도 복이고 자식이 많은 것도 복이다. 자식들은 모두 그들의 부모를 위한 복의 재료일 뿐 결코 장래의 '사람'의 씨앗은 아니다. 따라서 제멋대로 전전해도 그들을 보살피는 사람이 없다. 여하튼 간에 숫자를 채우거나 재료가 되는 자격은 그대로 가지고 있기 마련이기 때문이다. 어쩌다 학당에 보내지더라도 사회와 가정의 관습, 어른과 배우자의 품성이 교육과 모순되는 경우가 많으므로 여전히 그는 신시대와 조화되지 못한다. 운 좋게 살아남아 성인이 되더라도 "옛것을 사용하면 어떠한가"[4]에 지나지 않는다. 으레 그렇듯이 '사람'의 아버지가 아니라 자식을 만드는 놈이 되고, 그가 낳은 아이 역시 '사람'의 씨앗이 아니다.

여성을 아주 혐오했던 오스트리아의 바이닝거(Otto Weininger)[5]는 여성을 크게 두 가지 종류, '어머니'와 '창녀'로 나누었다. 이 분류법에 따르면 남자도 '아버지'와 '오입쟁이'라는 두 종류로 나눌 수 있다. 그런데 아버지류는 다시 두 종류로 나눌 수 있으니, 하나는 아이의 아버지이고 다른 하나는 '사람'의 아버지이다. 첫째 종류는 낳을 줄만 알지 교육할 줄 모르고 오입쟁이의 기미까지 있다. 둘째 종류는 아이를 낳고 어떻게 교육할지를 생각해서 태어난 아이가 장래에 완전한 사람이 될 수 있도록 한다.

청나라 말년 모某 성에서 처음으로 사범학당을 열었을 때의 일이다. 어떤 노老선생이 이 말을 듣고 매우 의아해하며 "선생이 왜 교육을 받아야 한단 말이냐? 그렇다면 부범父範학당이라는 것도 있어야지!"라고 분노했다. 노선생은 아버지의 자격은 자식을 낳기만 하면 된다고 생각했던 것이다. 낳는 일은 누구나 할 수 있으므로 왜 교육받아야 하느냐는 것이다. 그런데 지금 마침 중국에 부범학당이 필요한 시기라는 사실을 그는 몰랐던 것이다. 이 선생이야말로 초등 1학년으로 편입해야 할 것이다.

우리 중국에는 아이의 아버지가 대다수이므로 앞으로 필요한 것은 오로지 '사람'의 아버지일 뿐이다!

주)_____

1) 원제는 「隨感錄二十五」, 1918년 9월 15일 베이징 『신청년』 제5권 제3호에 실렸다. 필명은 탕쓰(唐俟).

2) 옌유링(嚴又陵, 1854~1921). 이름은 푸(復), 자는 유링. 푸젠(福建) 민허우(閩侯; 지금의 푸저우) 사람. 청말의 계몽사상가이자 번역가. 1877년(청 광서光緒 3년)에 영국에 파견되어 해군을 공부했다. 1879년에 귀국하여 베이양수사학당(北洋水師學堂)의 총교습(總敎習) 등을 역임. 갑오년(1894) 중일전쟁에서 중국이 패배하자 변법유신을 주장하고 서구의 자연과학과 사회과학을 소개하는 데 주력했다. 헉슬리(Thomas H. Huxley)의 『천연론』(天演論, Evolution and Ethics), 애덤 스미스(Adam Smith)의 『국부론』(國富論, The Wealth of Nations), 몽테스키외(Charles-Louis Montesquieu)의 『법의』(法意, De l'esprit des lois) 등을 번역하여 당시 사상계에 지대한 영향을 미쳤다. 그런데 무술정변 후에는 정치적으로 보수적인 성향으로 변화하여 1915년 '주안회'(籌安會)에 참가하고 위안스카이를 옹호하기도 했다. 루쉰이 거론하고 있는 것은 그가 번역한 『법의』 제18권 25장의 역자 주석에 나오는 말인데, 원문은 다음과 같다. "도시의 거리를 걷다 보면 나는 매번 수천 명의 아이들이 수레바퀴나 말 다리 사이에서 비틀비틀 종종걸음치다 번번이 까끄라기가 찌르는 형국이 되어도 그들이 넘어질 것을 걱정하지 않는 것을 보았다. 삼십 년이 지나면 국민은 얼마나 많아질 것인가? 오호라 지나는 그야말로 바뀌지 않는 나라일진저!"

3) '지은'의 원문은 '做'이다. 이것은 옌푸의 『천연론』 번역이 원문을 충실하게 따르지 않았음을 말하는 것이다. 옌푸 자신도 그의 작업을 '뜻의 전달'(達怡)이라고 하고 '번역'(筆譯)이라고 명명하지 않았다. 그는 『천연론』의 「역례언」(譯例言)에서 "문장 사이에 때때로 전도와 덧붙임이 있다. 글자나 문장의 순서에 얽매이지 않았고 의미는 원문을 벗어나지 않았다. 따라서 달지(達怡)라고 하고 필역(筆譯)이라 말하지 않는다"라고 했다. 『천연론』은 옌푸가 1895년에 헉슬리의 『진화와 윤리』 앞 두 편을 번역한 것이다. 1898년 후베이 옌양(沔陽) 루씨(盧氏)가 목각인쇄했다.

4) 『논어』의 「선진」(先進)에 "노나라 사람이 창고를 지으려고 하자 민자건(閔子騫)이 가로되 '옛것을 사용하면 어떠한가, 하필 고쳐 쓰려 하는가!'라고 했다"는 말이 나온다.

5) 바이닝거(Otto Weininger, 1880~1903). 오스트리아 사람, 여성혐오주의자. 1903년에 출판한 『성과 성격』(Geschlecht und Charakter)에서 여성의 지위가 남성보다 열등함을 증명하려 했다.

수감록 33[1]

최근 귀신소리에 능한 일군의 사람들은 과학을 아주 싫어한다. 과학은 도리가 명백해지도록 가르치고 사고가 분명해지도록 가르치고 흐지부지한 것을 용납하지 않기 때문에 자연스럽게 귀신소리하는 사람들의 적수가 된 것이다. 따라서 귀신소리를 하는 사람은 모름지기 과학을 제거할 방법을 생각해 내야 했다.

그중에서 가장 교묘한 방법은 교란이다. 우선 과학의 이것저것을 끌어와 귀신소리를 뒤섞어 시비를 불분명하게 하여 과학에도 요사스러움을 풍기게 만드는 것이다. 예컨대 한 고관[2]이 연구한 위생철학에는 다음과 같은 말이 있다.

우리가 처음 생겨나는 지점은 사실 배꼽에서부터이다. 따라서 사람의 근본은 배꼽에 있다. …… 그러므로 배꼽 아래 복부가 가장 중요한데, 도가 서적에는 그것을 일러 단전이라고 한다.

사람을 식물에 비유하면 뿌리털이 위이고 꼭지에 불과한 배꼽은 떨어지면 그만이므로 중요할 게 뭐가 있겠는가? 그런데 이것은 비유가 이상할 따름이다. 더 무서운 것은 아래 이야기이다.

정신은 혈액에 영향을 미칠 수 있다. 과거 독일의 코흐 박사[3]가 콜레라균을 발명했을 당시 그것을 반대한 두 명의 박사는 그가 배양한 병균을 한 입에 삼켰으나 병에 걸리지는 않았다.

내가 아는 바에 따르면 이렇다. Koch 박사가 콜레라균을 발견했다(이제까지 몰랐던 사물을 찾아내는 것을 발견이라고 하고, 이제까지 몰랐던 기구나 방법을 창조해 내는 것을 발명이라고 한다). 그런데 다른 사람도 어떤 균을 발견했다고 하자 Koch는 아니라고 하며 그 사람이 발견한 병균을 삼켰으나 병에 걸리지 않았기 때문에 그 사람이 발견한 것이 병균이 아니라는 것을 확실히 증명했다는 것이다.[4] 요즘 이 이야기를 이리저리 뒤집어서 '정신이 육체를 개조할 수 있다'는 예증으로 삼으니 어찌 위험이 극도에 달한 것이 아니라고 하겠는가?

더욱 지독한 교란은 한 신동이 지은 『삼천대천세계도설』[5]이라는 것이다. 그는 유가, 도사, 승려, 예수교의 찌꺼기를 모아 두루뭉술한 덩어리로 만들고 귀신소리를 빼곡히 끼워 넣었다. 그는 천상천하의 상황을 살필 수 있고, 그가 보는 '지구성'은 우리가 알고 있는 것과 커다란 차이가 없으나 다른 항성계는 형형색색이라고 말했다. 그는 천안통[6]이 있기 때문에 자신의 능력이 과학자를 넘어선다고 한다. 그는 우선 다음과 같이 말한다.

오늘날 과학자의 발명이란 천문天文을 보기 위하여 망원경을 사용하는 것이다. …… 하지만 이것으로는 천당과 지옥을 볼 수 없다. 학문의 도를 궁구하는 것은 대해大海와 같아서 바다로 들어가 물 한 모금 마시는 것으로 자족해서는 절대로 안 된다.

그는 비록 발견과 발명의 차이도 분간할 줄 모르지만 학문에 대한 논의는 꽤 이치에 맞다. 그런데 학문의 대해란 필경 어떤 모양인가? 그는 말한다.

적정천 …… 에는 맹독의 불구덩이가 있는데 수정 덮개가 그것을 누르고 있다. 만일 모某 천체가 그것을 훼손할 때 즉, 모 천체의 수정 덮개를 제거해 버리면 맹독 화염이 폭발하여 백성과 만물을 태워 버린다.

뭇 별들은 …… 대개 항성, 행성, 유성 세 종류로 나뉜다. …… 서학가西學家의 말에 따르면 항성이 3억 5천 개라고 하나 소자가 보기에는 7천억보다 적지 않다. …… 행성은 모두 10억의 거대한 계열이다. …… 유성의 많음은 행성의 배에 이른다. …… 태양을 한 바퀴 도는 데는 약 33년을 1주기로 하는데, 매초 65리를 갈 수 있다.

태양의 표면은 순전히 커다란 불이다. …… 그것의 위력은 지대하여 사람이 살 수 없으므로 태양성군太陽星君이 거주한다.

다른 괴상한 말도 많이 있지만 천당에 관한 말은 육조 방사들의 『십주기』[7]보다 훨씬 못하고, 지옥에 관한 이야기도 『옥력초전』[8]을 베낀 것에 불과하다. 이 신동은 딱하기도 하다! 이 밖에 과학이 사람을 해친다고 하는 감개무량한 말도 있다. 「한漢을 계승한 62대 천사[9] 정일진인正一眞人 장위안쉬張元旭」의 서문에 단도직입적으로 분명하게 나온다.

권비拳匪가 귀신을 사칭하여 연합군의 화를 불러일으킴으로써 국망과 종멸에 이를 지경이 되었다. 식자들의 상심과 고심은 진실로 이미 극에 도달했다. 게다가 구화동점歐化東漸에 부응하여 오로지 물질문명의 시절을 이야기한다. 이리하여 세계에는 제신帝神의 관할이 없고 인신人身에는 혼백의 윤회가 없다는 과학자들의 학설에 근거하여 이를 국시國是로 받들고 있다. 개개인의 뇌수에 그것을 전파하여 각인시킴으로써 이로부터 인심人心에는 경외심이 사라졌다. 경외심이 사라지자 도덕에 뿌리가 없어지기 시작했다! 방탕과 사치, 거리낌 없음, 권력과 이권의 다툼, 날마다 서로 싸우고 죽이니 그것의 재앙은 권비보다 심각할 것이로다! ……

이것은 정녕 만악萬惡이 모두 과학에서 비롯되고 도덕은 온전히

귀신소리에 의지한다는 말이다. 뿐만 아니라 과학이 권비[10]보다 못하
다는 것이다. 과거에는 순전히 황제에게 기대어 외래의 학술과 사상
을 배척했다. 육조에서 당송까지 무릇 불교를 공격하던 사람들은 왕
왕 불교가 임금君을 숭배하지 않으므로 조반造反에 가깝다고 말했던
것이다. 이제는 황제가 부재하므로 '도덕'에 대한 중대한 혐의를 찾아
내어 그것이 얼마나 지독한가를 살핀다. 사오싱의 『교육잡지』[11]에도
팡구仿古 선생의 「교육에 있어서 과학 편중은 도덕 편중만 못하다」敎育
偏重科學無甯偏重道德('甯'자는 원문에 이렇게 되어 있다. 아마도 피휘[12]일
것이다)라는, 유의하지 않으면 미처 생각하지 못하는 논문이 실렸다.
그는 말한다.

> 서양인들은 수백 년 동안의 과학적 심력心力으로 기껏 이번 세계대
> 전을 온양시켰을 따름이다. …… 과학을 운운하는가? 그것이 인도人
> 道를 해치는 것을 많이 보았다!

> 과학에 편중하는 것은 곧 지능을 숭상하는 것이고, 도덕에 편중하는
> 것은 허위를 숭상하는 것이다. 허위를 숭상하면 재앙이 허위에 그치
> 지만, 지능을 숭상하면 허위가 부지불식간에 분명해진다!

귀신이 도덕의 근본이라고 말하지는 않지만 과학에 사형선고를
내린다는 점에서는 두 가지 가르침이 한 마음이다. 그러므로 권비의
전단에는 다음과 같이 분명하게 쓰여 있다.

성인 공자
천사 장張의 부언傳言이 산둥山東에서 나왔다. 서둘러 급히 부傳하
라, 결코 허언이 없다! (원문에는 부傳로 되어 있는데, 전傳의 오자인 듯
하다.)

그들의 관점에 비추어 보건대, 이렇게 가증스런 과학세계를 되돌
릴 수 있는 방법은 무엇이겠는가? 『영학잡지』에 실린 우즈후이 선생
에게 보낸 위푸 선생의 답신[13]에서는 "귀신의 말을 선양하지 않으면
국가의 운명이 단축된다!"라고 말했다. 따라서 귀신의 학설을 선양하
는 것이 최선임을 알 수 있다. 귀신은 도덕의 근본일뿐더러 장 천사와
팡구 선생의 의견과도 전혀 충돌하지 않는다. 애석하게도, 최근 베이
징 점술계는 다시 『감현이명록』[14]을 찍어 냈는데 그 속에는 전임 베이
징 서낭신 바이즈白知와 디셴諦閑 법사의 문답이 실려 있다.

법사 운운, "아주 긴요한 소원 한 가지를 기원하오. …… 이번에 남방
에서 왔소이다. 모처에 제공濟公의 제단 강림 소식을 들었는데, 하는
말들이 아주 믿기 어렵소이다. 제공은 아라한이고 견혹見惑, 사혹思惑
이 이미 소멸했으므로 단연코 강림하지 않을 것이오. …… 모某 회합
에서 제단에 강림한 자가 제공이 맞소이까? 가르침을 청하나이다."
점술사 운운, "위의 소원을 수락하겠소. …… 삼가 이 말을 기억하시
오. 모처의 제단에는 혼령 귀신이 붙었을 따름이오. 혼령 귀신은 바
로 마도魔道임을 반드시 알아야 하오. 앞으로는 이런 귀신을 물리치
기를 발원해야 함을 아시오."

서낭신[15]은 '법사가 운운하는' 소원을 이해하지도 못하고, 우선 모 회합과 정통 다툼부터 시작한다. 여기에 비춰 보면 국가의 운명이 연장되기도 전에 귀신 병사는 미리 싸움부터 하고 보는 것이다. 도덕은 여전히 뿌리가 없고 과학은 아무래도 생존해야 할 운명인가 보다.

사실 중국에서 소위 유신 이래로 진정으로 과학이 있었던 적은 없다. 최근 유가와 도가의 제공諸公들은 농간이나 부리고 인사人事를 살피지 않았던 역사의 후과를 모두 과학의 신상에 갖다 붙인다. 뿐만 아니라 무엇이 도덕인지, 어떤 것이 과학인지를 묻지 않고 함부로 지껄이고 유언비어를 퍼뜨려 일을 만들 따름이다. 국민들을 너무 혼란스럽게 하고 사회는 요상한 기운으로 뒤덮여 있다. 이상에서 인용한 것들은 짚이는 대로 뽑아낸 몇 가지 음영陰影에 불과하다. 이외에도 항구도시에서 산간벽지에 이르기까지 얼마나 많은 기담奇談이 있는지 알 수 없다. 그러나 이상 몇 항목만으로도 우리 주위의 공기와 장래의 상황이 얼마나 무시무시하게 어두운지를 충분히 짐작할 수 있다.

내가 보기에, "국망과 종멸에 거의 이른" 중국을 구원하기 위해서 "성인공자 천사장張의 전언이 산둥에서 나"온 방법을 사용하는 것은 절대로 대증요법이 될 수 없다. 귀신의 적수인 과학! ── 껍데기가 아닌 진정한 과학! ── 이 있어야 한다. 왜 그런가? 진정민의 『둔재한람』[16]에는 설득력 있는 이야기가 나온다(원서는 못 봤고, 『본초강목』[17]의 인용에 근거한다. 그런데 이것 역시 사실이 아니라 전적으로 도사가 지어낸 유언비어이다. 여기서는 이를 비유용으로 사용하기로 한다).

양면은 중년에 이상한 질병에 걸렸다. 말할 때마다 뱃속에서 그것을 따라하는 작은 소리가 있었다. 시간이 흐름에 따라 소리도 커졌다. 도사가 그것을 보고는 "이것은 응성충이다! 그런데 『본초』를 읽고 따라하지 않게 하는 것을 얻게 되면 그것을 치유할 수 있다"라고 했다. 뇌환雷丸까지 읽었을 때 따라함이 없었다. 이에 한꺼번에 몇 알을 복용하고 완치됐다.

＊　＊　＊

세균을 삼킨 일에 관해서는 내가 앞서 말한 것이 틀린 것 같다. 그런데 지금 찾아볼 수 있는 책이 수중에 없다. 아마도 Koch 박사가 콜레라균을 발견했을 당시 Pfeffer 박사가 진짜 세균이 아닌 줄 알고 면전에서 삼키고 거의 죽을 정도로 병에 걸렸던 것 같다. 요컨대, 여하튼 간에 이 사건은 결코 '정신이 육체를 개조할 수 있다'는 것의 예증이 될 수는 없다. 1925년 9월 24일 부기.

주)_____

1) 원제는 「三十三」, 1918년 10월 15일 『신청년』 제5권 제4호에 발표했다. 필명은 탕쓰

2) 장웨이차오(蔣維喬, 1873~1958)를 가리킨다. 자는 주쫭(竹莊), 호는 인시쯔(因是子), 장쑤(江蘇) 우진(武進) 사람. 민국 1년(1912) 난징(南京)임시정부 교육부 비서장을 역임. 당시 베이양정부 교육부 첨사를 지냈다. 1914년 출판한 『인시쯔 정좌법』(因是子靜坐法)에서 '정좌'를 강조했다.

여기에 인용한 첫번째 문장은 1918년 1월 23, 24, 25일 『베이징대학일간』(北京大學

日刊)에 연재한 「장웨이차오 군이 연설한 위생철학 기록(민국 6년 12월 『교육공보』에서 옮겨 싣다)」(蔣君維喬演說衛生哲學記錄[轉載六年十二月敎育公報])에 나오는데, 루쉰은 이를 인용하면서 조금 생략했다. 두번째 문장은 장웨이차오가 역술(譯述)한 일본의 스즈키 비잔(鈴木美山)의 『장수철학』(長壽哲学)에 나온다. 이 책의 '병의 원인' 절에는 코흐 박사가 세균을 삼킨 일을 인용하여 "곰팡이가 인체에 침입해도 정신이 분명하면 결코 병이 되지 않는다"라는 것을 증명하고 있다.

3) 코흐(Heinrich Hermann Robert Koch, 1843~1910). 독일의 세균학자. 1882년에 결핵균을 발견했고, 1885년에는 콜레라균을 발견했다.

4) 세균을 삼킨 일은 루쉰이 '부기'에서 고쳤지만 여전히 오류가 있다. 페퍼(Pfeffer) 박사는 페텐코퍼 박사(M. von Pettenkofer, 1818~1901)를 가리킨다. 페텐코퍼는 구식 병리론자로서 질병은 세균과 무관하며 체액의 변환으로 말미암은 것이라고 여겼다. 그는 코흐 박사가 배양한 콜레라균을 삼키고 설사를 일으켰으나 콜레라에 걸리지는 않았다고 전해진다. 그러나 이것은 병균이 병을 일으키는 데는 생리적 조건이 필요하며, 신체가 건강하다면 세균이 체내에 침입해도 저항할 수 있음을 증명한 것에 불과하다고 할 수 있다.

5) '신동'(神童)은 산둥 리청(歷城)의 장시장(江希張)이라는 아이를 가리킨다. 장시장이 열 살도 되기 전에 『사서백화해설』(四書白話解說), 『식전』(息戰), 『대천도설』(大千圖說) 등을 지었다고 했는데, 사실은 그의 부친 장중슈(江鍾秀) 등이 대필한 것이다. 당시에 사람들은 그를 '신동'이라고 불렀다. 미국인 로버트 리처드 리(Robert Richard Lee)는 만국도덕총회(萬國道德總會)를 이용하여 『식전』을 출판하게 하고, 장시장을 일컬어 "하늘이 용납하는 자태를 갖추고 있고 도를 보위하려는 뜻이 있다", "한 명의 동자임에도 교리를 융합하여 세계의 민족을 위하여 기원한다"라는 내용의 서문을 썼다.

『삼천대천세계도설』(三千大千世界圖說)은 1916년에 출판된 『대천도설』을 가리킨다. 저자는 자신이 '삼천대천세계의 설'을 창립했으며, "근래 유물주의자들이 천제(天帝)와 귀신은 존재하지 않는다는 설을 만들자 사람들은 일시에 휩쓸려 유행을 따르고 그것이 주는 커다란 해독을 알지 못하니 장차 지구상의 백성과 만물이 모두 사라지게 되는" 상황에 비추어 "천하의 사람마다 하늘을 존경하고 하늘을 두려워함이 없지 않게끔" 하고자 한다고 선언했다. 이어서 인용한 문장은 이 책의 '대천세계 총론', '적정천'(赤精天), '중성계 총론'(衆星系總論), '태양성'(太陽星) 등에 나온다.

6) '천안통'(天眼通)은 불교 용어. '여섯 가지 신통한 능력'(六通) 중 하나로 보통사람이 볼 수 없는 것을 투시하는 능력을 가리킨다.

7) 『십주기』(十洲記)는 『해내십주기』(海內十洲記)를 가리킨다. 한(漢)대 동방삭(東方朔)이 지었다고 전해지나 육조시대 방사들이 지은 것이다. 황당무계한 신선들의 이야기를 모은 책이다.

8) 『옥력초전』(玉歷鈔傳)의 원래 이름은 『옥력지보초전』(玉歷至寶鈔傳)이다. 모두 8장. 송대 "담치도인(淡痴道人)이 꿈속에서 전수받아 제자 물미도인(勿迷道人)이 초록하여 세상에 전한다"라는 말이 나온다. 내용은 '지옥십전'(地獄十殿)에 관한 것으로 인과응보를 선양하고 있다.

9) '천사'(天師)는 후한(後漢) 시기 도교를 창도한 도사 장도릉(張道陵)을 존경하여 부르던 말이다.

10) '권비'(拳匪)는 1900년의 의화단 운동에 참가한 민중들을 업신여겨 부른 말이다. 주로 산둥·즈리(直隷) 일대의 농민, 수공업자, 도시 유민들로 구성된 민중조직이다. 처음에는 '반청멸양'(反清滅洋)을 구호로 내세웠으나 나중에는 '부청멸양'(扶清滅洋)을 주장함으로써 청 정부에 이용당하기도 했으며, 종국엔 팔군연합군과 청 정부에 의해 진압되었다.

11) 『교육잡지』(教育雜誌)는 사오싱현(紹興縣) 교육회가 편집하여 1914년에 창간한 월간지이다. 「교육에 있어서 과학 편중은 도덕 편중만 못하다」(教育偏重科學無甯偏重道德)는 1918년 8월 제25기에 실렸다.

12) 중국에서는 만청시대까지 황제와 연장자들의 이름과 같은 글자를 쓰는 것을 피했는데, 이를 일컬어 '피휘'(避諱)라고 한다. 청 선종(宣宗; 도광道光)의 이름이 민녕(旻寧)이었기 때문에 청나라 사람들과 유로(遺老)들은 '寧'(녕)을 '甯'(녕)으로 썼다.

13) 『영학잡지』(靈學雜誌)라고 한 것은 『영학총지』(靈學叢誌)가 정확한 이름이다. 상하이 영학회(靈學會)의 편집으로 1918년 1월 창간되었다.

위푸(兪復). 장쑤 우시(無錫) 사람으로 '영학파'의 주요 인물이다. 1917년 10월 상하이에서 루페이쿠이(陸費逵) 등과 성덕단(盛德壇)을 만들어 점을 치고 영학회를 조직하였으며 『영학총지』를 주관했다.

우즈후이(吳稚暉, 1865~1953). 이름은 징헝(敬恒)이며, 장쑤 우진 사람이다. 동맹회에 참가했고 자칭 무정부주의자였다. 국민당 중앙감찰위원, 중앙정치회의위원 등을 역임했다.

14) 『감현이명록』(感顯利冥錄)은 『현감이명록』(顯感利冥錄)이 정확한 이름이다.

15) '서낭신'은 인용문에서 말하는 점술사를 가리킨다.

16) 『둔재한람』(遯齋閑覽)은 송대 진정민(陳正敏; 호는 둔옹遯翁)이 지은 책으로 원본은 14권이나 지금은 망실되었다. 『설부』(說郛) 제33권에 40여 조목이 수록되어 있다. '응성충'(應聲蟲) 조목에 다음과 같은 이야기가 있다. "화이시(淮西) 선비 양면(楊勔)은 중년에 이상한 질병에 걸렸다고 말했다. 매번 말하거나 대답할 때마다 뱃속에서 번번이 그것을 따라하는 작은 소리가 있었다. 수년이 지나면서 그 소리가 점점 커졌다. 어떤 도사가 그것을 보고 놀라면서 '이것은 응성충이다. 오랫동안 방치하면 처자식에게까지 미친다. 『본초』(本草)를 읽고 벌레가 응하지 않게 하는 것을 보면 그것을 복용해야 한다'라고 했다. 양면은 이 말대로 '뇌환'(雷丸)까지 읽자 벌레가 홀연 소리를 내지 않았으며, 이에 한꺼번에 몇 알을 먹었더니 곧 완치되었다고 한다."

17) 『본초강목』(本草綱目)은 명대 이시진(李時珍)이 지은 약물학 저서로 모두 52권이다. 인용된 말은 제37권 「목부」(木部) 4, '우목류(寓木類)·뇌환' 조목에 나온다.

수감록 35[1]

청조 말년부터 지금까지 '국수國粹보존'이라는 말을 자주 듣는다.

청조 말년에 이런 말을 하는 사람은 대개 두 부류였다. 하나는 애국지사이고 다른 하나는 외국을 다녀온 고관들이었다. 이런 구호의 배후에 그들은 각각 다른 의미를 숨기고 있었다. 지사들이 말하는 국수보존은 옛것을 되찾자는 뜻이었고, 고관들이 말하는 국수보존은 유학생이 변발을 자르지 못하도록 하자는 뜻이었다.

이제 민국이 되었다. 이상에서 말한 두 가지 문제는 이미 완전히 사라졌다. 따라서 나는 요즘 이 말을 하는 사람이 어느 부류이고 이 말의 배후에 무슨 뜻이 숨겨져 있는지 알 수 없다.

그런데 국수보존의 긍정적인 의미에 대하여, 나는 잘 모르겠다.

무엇을 '국수'라고 하는가? 문면으로 보면 한 나라의 고유한 것으로 다른 나라에는 없는 사물이다. 달리 말하면 특별한 물건이다. 하지만 특별하다고 해서 꼭 좋은 것은 아닐진대, 왜 보존해야 하는가?

사람을 예로 들어 보자. 얼굴에 혹이 나고 이마에 부스럼이 불거져 있다면 확실히 뭇사람들과 다른 그만의 특별한 모습을 보여 주므로 그것을 그의 '정수'라고 할 수 있겠다. 그런데 내 생각에는 이 '정수'를 제거하여 다른 사람처럼 되는 게 좋을 것 같다.

만일 "중국의 국수는 특별할 뿐만 아니라 좋다"라고 한다면, 지금 왜 신파도 고개를 젓고 구파도 탄식을 하는 이런 상황에 맞닥뜨리게 되었단 말인가?

만일 "이것은 국수를 보존하지 못했기 때문이고 해금²⁾이 폐지되었기 때문이므로 국수는 반드시 보존해야 한다. 해금 폐지 이전에는 전국이 모두 '국수'였으므로 당연히 좋았다"라고 한다면, 왜 춘추전국, 오호십육국이라는 끊임없는 소란이 일어나 옛사람들조차도 모두 탄식을 했던 것일까?

만일 "이것은 성탕·문·무·주공³⁾을 배우지 않았기 때문이다"라고 말한다면, 왜 진정한 성탕·문·무·주공의 시대에도 걸·주의 폭정이 있었고, 은완의 난리⁴⁾가 있었고, 그후에도 춘추전국, 오호십육국이라는 끊임없는 소란이 일어나 옛사람들조차도 모두 탄식을 했던 것일까?

내 벗이 한 말이 옳다. "우리가 국수를 보존한다면, 모름지기 국수도 우리를 보존할 수 있어야 한다."

우리를 보존하는 것이 분명 첫번째 진리이다. 국수이건 아니건 간에 그것이 우리를 보존할 수 있는 힘이 있는지를 물어보면 된다.

1) 원제는 「三十五」, 1918년 11월 15일 『신청년』 제5권 제5호에 실렸다. 필명은 탕쓰.

2) 해금(海禁). 명청시대에는 폐관(閉關) 정책을 실시하여 민간 상선이 해외무역에 종사하는 것을 금지하고 외국 상선은 정해진 곳에서만 통상을 하도록 규정했는데, 이러한 조치를 '해금'이라고 한다. 1840년 아편전쟁이 발발하자 서양은 중국의 문호를 개방하고 불평등 조약을 맺을 것을 강요했다. 이에 따라 '해금'은 점차적으로 풀리게 되었다.

3) 성탕(成湯)은 상(商)대 첫번째 군주이다. 문(文)은 주(周) 문왕으로, 성은 희(姬), 이름은 창(昌)이며, 상대 말기 주족(周族)의 영수로서 주대 문왕으로 추존되었다. 무(武)는 주 무왕으로, 이름은 발(發), 문왕의 아들이며, 주대의 첫번째 군주이다. 주공(周公)은 이름이 단(旦)이며, 무왕의 동생으로 성왕(成王) 때 섭정했다. 이어지는 문장의 걸(桀)은 하(夏)대의 마지막 군주이며, 주(紂)는 상대의 마지막 군주이다.

4) 주 무왕은 상(商)을 멸망시킨 다음 상의 도읍이었던 은(殷)의 옛 땅을 세 부분으로 나누어 그의 형제인 관숙(管叔), 채숙(蔡叔), 곽숙(霍叔)에게 관리하게 했다. 그리고 주(紂)의 아들인 무경(武庚)을 제후로 삼으면서 이 세 형제들에게 감시를 맡겼다. 그러나 무왕 사후에 성왕이 왕위를 계승하고 주공이 국사를 관리하여 세 형제들과 불화하자 무경은 동방의 엄(奄), 포고(蒲姑) 등의 나라와 연합하여 반란을 일으켰다. 이에 주공은 병사를 이끌고 동쪽을 정벌하여 무경을 살해하고 반란을 평정했다. 당시 반란을 일으킨 은의 후예들을 일컬어 '완민'(頑民), '은완'(殷頑)이라 불렀다.

수감록 36[1]

요즘 극심한 공포를 느끼는 사람들이 아주 많다. 나 또한 극심한 공포를 느낀다.

많은 사람이 두려워하는 것은 '중국인'이라는 이름이 사라진다는 것이다. 그런데 내가 두려워하는 것은 중국인이 '세계인'에서 밀려난다는 것이다.

나는 '중국인'이라는 이름은 결코 소멸할 리 없다고 생각한다. 인류가 존재하는 한 어쨌거나 중국인은 존재한다. 예컨대 이집트 유대인[2]은 그들이 '국수'를 간직하고 있건 아니건 간에 아직까지 이름이 바뀌지 않고 이집트 유대인으로 불리고 있다. 이름을 보존하기 위해서 노력하고 고심할 필요가 전혀 없음을 알 수 있다.

그런데 작금의 세계에서 함께 성장하고 한자리를 차지하고자 한다면 그에 상당한 진보적 지식, 도덕, 품격, 사랑을 갖추고 있어야만 발을 붙일 수 있다. 이 일은 대단한 노력과 고심이 필요하다. 게다가

'국수'가 많은 국민은 훨씬 더 노력하고 고심해야 한다. 왜냐하면 그들의 '정수'精粹가 너무 많기 때문이다. 정수가 너무 많은 것은 너무 특별한 것이다. 너무 특별하면 다양한 사람들과 함께 성장하고 그 속에서 한자리를 차지하기가 어려운 법이다.

이렇게 말하는 사람이 있다. "우리는 특별히 성장해야 한다. 이렇게 못 한다면 어떻게 중국인이라 하겠는가?"

이리하여 '세계인'에서 밀려나려 하고 있다.

이리하여 중국인은 세계를 상실했으면서도 잠시라도 그대로 세계에 머물고자 한다! 이것이야말로 나의 극심한 공포이다.

주)_____

1) 원제는「三十六」, 1918년 11월 15일『신청년』제5권 제5호에 실렸다. 필명은 쓰(俟).

2) 유대인들은 최초에 이집트의 알렉산드리아 등지에서 거주했는데, B.C. 1320년 유대 민족의 지도자 모세가 그들을 데리고 이집트를 떠나 가나안(팔레스타인) 지방에서 나라를 세웠다. 그들이 이집트에서 나왔으므로 이집트 유대인이라고 불린다. 유대인 국가가 A.D. 70년에 로마제국에 의해 멸망하고, 대다수의 유대인들은 세계 각지에 흩어져 살게 되었다.

수감록 37[1]

근자에 들어 아주 많은 사람들이 여기저기서 권법을 힘껏 주장하고 있다. 예전에도 한 차례 있었던 것으로 기억하는데, 당시에 그것을 주장한 사람은 만청滿淸의 왕공과 대신들[2]이었다. 요즘은 지위가 조금 다른 민국의 교육자들[3]이다. 그들의 종지宗旨 하나하나에 대해서는 국외자 신분인지라 알 수가 없다.

요즘 그것을 주장하는 교육자들은 '구천현녀[4]가 헌원황제에게 전했고, 헌원황제가 비구니에게 전했다'는 낡은 방법을 '신무술'이라 부르고 심지어는 '중국식 체조'라고 하며 청년들로 하여금 단련하도록 한다. 그것은 장점이 아주 많다고 하는데, 중요한 것 두 가지를 들어 보면 이렇다.

첫째, 체육에 이용하는 것이다. 듣자 하니 중국인은 외국 체조를 배워도 효험이 없으므로 본국식의 체조(즉 권법)를 배워야 한다는 것이다. 생각해 보면 외국 병기나 곤봉을 두 손에 들고 손발을 좌로 펼쳤다 우로 펼쳤다 하면 근육의 발달에 당연히 '효험'이 있을 것 같다. 유감스럽게도 끝내 효험을 못 봤다고 하지만! 그렇다면 방법을 바꾸어 '무송탈고권'[5]과 같은 놀이를 할 수밖에 없다. 어쩌면 중국인의 생리가 외국인과 다르기 때문일 것이다.

둘째, 군사에 이용하는 것이다. 중국인은 권법을 할 줄 알고 외국인은 권법을 할 줄 모르므로 얼굴을 맞대고 싸우는 날이 오면 중국인의 승리는 말할 필요도 없다는 것이다. 외국인의 '비계를 끄집어내'지는 않더라도 '오룡소지'[6] 권법만으로도 다시는 일어나지 못하도록 일제히 쓰러뜨린다는 것이다. 그런데 유감스럽게도 요즘은 전쟁에 총포를 사용한다. 총포라는 물건은 중국의 '과거에 이미 존재했던 것'임에도 불구하고 지금 이 시점에는 없는 것이다. 등패진법[7]도 연습하지 않고 어떻게 총포를 방어할 수 있다는 것인가? 내 생각에는(그들이 해명한 적이 없으므로 이것은 나의 '관중규포'[8]이다) 권법을 하다 보면 언젠가는 '총포가 쳐들어올 수 없는' 수준(즉 내공?)에 도달한다는 뜻일 터이다. 과거에도 이미 한 차례 시도한 적이 있으니 바로 1900년의 일이다.[9] 유감스럽게도 당시에는 명예가 그야말로 완전히 실추되고 말았다. 이번에는 어떨지 한번 두고 볼 일이다.

주)_____

1) 원제는「三十七」, 1918년 11월 15일『신청년』제5권 제5호에 발표했다.
2) 청조에서 총리아문대신(總理衙門大臣)을 지낸 단왕재의(端王載漪), 협판대학사(協辦

大學士) 강의(剛毅), 종실 재간(載澗) 등을 가리킨다. 무술변법 실패 이후 자희(慈禧) 태후를 위수로 한 완고파는 광서제(光緖帝)를 폐출시키고 재의의 아들 부준(溥儁)으로 하여금 제위를 잇게 하려고 했으나 각국 공사의 반대에 부딪혔다. 그들은 의화단을 '지원'하고 태극권을 제창하면서 외국세력에 대항했다. 1900년 6월 청 조정은 강의 등을 임명하여 의화단을 통솔하게 했다.

3) 당시 지난진수사(濟南鎭守使) 마량(馬良)은 『신무술 초급 권각과』(新武術初級拳脚科)라는 책을 썼다. 1918년 전국교육연합회 제4차 회의와 전국중소학교장 회의에서 '신무술 전파'라는 결의를 통과시켜 신무술을 중학과정 이상의 체육과정에 편입하고 마량이 지은 교과서를 사용하는 것에 동의했으며 일부 교육계 인사들도 동조를 표시했다.

4) 구천현녀(九天玄女). 중국 고대신화 속의 여신으로 도교에서는 여선(女仙)으로 받들었다. 중국 고대소설 속에서 영웅을 돕고 악을 제거하는 정의의 신으로 등장한다. 헌원황제가 치우(蚩尤)와 싸울 때 구천현녀가 도와 이겼다는 이야기가 전해진다.

5) 무송탈고권(武松脫銬拳). 『수호전』(水滸傳)을 보면, 무송(武松)이 죄인으로 몰려 쇠고랑을 찬 채 길을 떠나는데, 페이윈푸(飛雲浦)에서 칼잡이들이 나타나 위험하자 쇠고랑을 부수고 이들의 목을 베는 이야기가 나온다(제30회). '무송탈고권'은 이 이야기에서 유래한 권법이다.

6) '오룡소지'(烏龍掃地)는 무술 초식의 하나. 땅을 쓰는 척하면서 상대방의 발목을 공격하는 것이다.

7) 등패진법(藤牌陣法). 중국 고대의 전쟁 진법 중의 하나인 등패진을 가리킨다. 호신 및 공격용으로 사용하던 등패(등나무의 줄기를 심으로 하고 대나무 껍질을 얽어서 불룩하게 만든 둥근 방패)를 전쟁 진법으로 발전시킨 것이다.

8) '관중규포'(管中窺豹)는 대통 구멍으로 표범을 보면 표범가죽의 얼룩 하나밖에 보이지 않는다는 뜻으로 식견이 좁음을 일컫는 말이다.

9) 의화단이 1900년 팔국연합군에게 저항할 당시 "신령이 육체에 붙으면 총포가 들어오지 않는다"라는 미신이 유행했다.

수감록 38[1]

중국인은 예부터 자대自大하는 편이었다. '개인적 자대'가 아니라 모두 '군중적, 애국적 자대'라는 점이 아쉬울 따름이다. 이렇게 된 원인은 문화적 경쟁에서 패배한 뒤 다시 분발약진하지 못했기 때문이다.

'개인적 자대'는 바로 독특함이고 용중庸衆에 대한 선전포고이다. 정신병리학적인 과대망상을 제외하면 자대하는 사람은 대체로 약간의 천재성을 가지고 있다. Nordau[2] 등의 학설에 따르면 약간의 광기라고 할 수도 있다. 그들은 자신의 사상과 견식이 용중을 넘어서고 용중이 이해하지 못한다고 생각하기 때문에 세속에 분노하고 원망하다가 차츰 염세가나 '민중의 적'[3]으로 변해 버린다. 그런데 모든 새로운 사상은 그들로부터 나온다. 정치적, 종교적, 도덕적 개혁 역시 그들로부터 시작된다. 따라서 '개인적 자대'가 많은 국민은 정녕 얼마나 복된 사람들인가! 대단한 행운이다!

'군중적 자대', '애국적 자대'는 동당벌이同黨伐異이고 소수의 천재에 대한 선전포고이다. 다른 나라의 문명에 대한 선전포고는 부차적이다. 그들 스스로가 남들에게 과시할 수 있는 특별한 재능이 터럭만치도 없기 때문에 나라를 내세워 그림자 속에 숨는다. 그들은 나라의 관습과 제도를 높이 치켜세우며 대단하다고 찬미한다. 자신들의 국수가 이처럼 영광스러우므로 자신들도 자연히 영광스럽게 되는 것이다! 공격을 당하더라도 그들은 자발적으로 응전할 필요가 없다. 그림자 속에 쪼그리고 앉아 눈을 뜨고 혀를 놀리는 사람들의 수가 아주 많으므로 mob[4]의 재주를 발휘하여 한바탕 소란을 피우기만 해도 제압할 수 있기 때문이다. 그래서 성공한다면 자신도 군중 속의 한 사람이므로 당연히 이긴 것이 된다. 실패한다면 군중 속에는 많은 사람이 있으므로 꼭 자신이 상처를 입어야 할 이유는 없는 것이다. 대개 군중을 모아 분규를 일으킬 때 대부분이 이런 심리인데, 바로 그들의 심리이기도 하다. 그들의 움직임은 맹렬한 듯하나 실은 아주 비겁하다. 그 결과 복고復古, 존왕尊王, 부청멸양扶淸滅洋 등을 낳았다는 것은 이미 차고 넘치게 가르쳐 주고 있다. 따라서 '군중적, 애국적 자대'가 많은 국민은 정녕 애달프고 정녕 불행하다!

불행히도 중국에는 하필 이러한 자대가 많다. 옛사람들이 만들거나 말한 일들은 나쁜 것이 하나도 없으므로 그것에 못 미칠까 걱정이지 어떻게 감히 개혁을 말한단 말인가? 애국적 자대가自大家의 이러한 생각은 각 파벌마다 조금 다른 점이 있다고 하더라도 뿌리는 일치한다. 이들을 꼽아보면 아래 다섯 부류로 나눌 수 있다.

갑 운운, "중국은 땅이 크고 물산이 풍부하며, 개화가 가장 일찍 시작되었고, 도덕은 천하제일이다." 이것은 완전한 오만이다.

을 운운, "외국은 물질문명이 높지만, 중국은 정신문명이 훨씬 더 훌륭하다."

병 운운, "외국에 있는 것은 모두 중국에 있었던 것이다. 모종某種의 과학은 모某 선생이 이미 말한 바의 운운이다." 이 두 부류는 모두 '고금중외파'古今中外派의 지류이다. 장지동5)의 격언에 따르면 "중학을 본체로 하고 서학을 쓰임으로 하"는 인물들이다.

정 운운, "외국에도 거지가 있다. (혹은 운운하길) 초가집, 창기, 빈대도 있다." 이것은 소극적 반항이다.

무 운운, "중국 것은 야만이라도 좋다." 또 운운한다. "당신은 중국 사상이 혼미昏迷하다고 말하지만 이것이야말로 우리 민족이 일구어 낸 사업의 결정結晶이다. 조상부터 혼미했으므로 자손들까지 혼미해야 하고, 과거부터 혼미했으므로 미래까지 혼미해야 한다.……(우리는 인구가 4억인데) 당신이 우리들을 멸종시킬 수 있겠는가?"6) 이것은 '정'보다 한술 더 뜨는 것이다. 남들을 물고 늘어지지 않는 대신 자신의 추악함을 가지고 도리어 젠체하는 것으로, 강경한 말투는 『수호전』속의 우이의 태도와 같다.7)

다섯 부류 중 갑을병정의 말도 너무 황당무계하지만 무에 비교하면 그들은 그나마 승벽이 있어서 봐줄 만하다. 예컨대, 패가망신한 집안의 자손들이 흥성한 집안을 보면 흰소리를 해대고 대가의 품새를 드러내거나 혹은 그 집안의 흠집을 찾아내어 잠시라도 자신을 위해 변명거리를 만드는 법이다. 이런 태도는 극히 가소롭지만 문드러진

코도 조상 대대로 내려오는 병이라며 뭇사람들에게 과시하는 부류에 비하면 어쨌거나 조금 나은 편이다.

무파의 애국론은 제일 나중에 등장했는데, 나는 이것을 듣고 가장 한심하다는 생각이 들었다. 그들의 속셈이 두려웠을 뿐만 아니라 실은 그들의 말이 훨씬 사실적이었던 까닭이다. 혼미한 조상이 혼미한 자손을 길러 낸다는 것은 유전의 정해진 이치이다. 민족성은 일단 만들어지고 나면 좋건 나쁘건 간에 변화시키는 것이 쉽지가 않다. 프랑스의 G. Le bon[8]이 지은 『민족 진화의 심리』에는 이것을 언급하면서(원문은 잊어버렸고 여기서는 대의를 들겠다) "우리의 일거수일투족은 주체적으로 행하는 것 같지만 사실은 죽은 귀신의 견제를 받는다. 우리 세대의 사람들을 과거 수백 세대 이전의 귀신에 비교하면 수적으로 절대로 대항할 수 없다"라고 말했다. 우리의 수백 세대 이전의 조상들 속에는 혼미한 사람이 분명 적지 않다. 도학[9]을 말하는 유생이 있고 음양오행[10]을 말하는 도사가 있고 정좌해서 연단을 만드는 신선이 있고 분장을 하고 무술을 하는 배우[11]도 있다. 그러므로 우리가 이제 '사람' 노릇을 잘해 보려 해도 혈관에 있는 혼미한 요소가 농간을 부리지 않는다는 보장을 할 수 없다. 따라서 우리는 자신도 모르게 단전과 분장술을 연구하는 인물로 변하고 만다. 정녕 한심한 일이 아닐 수 없다. 그런데 혼미한 사상의 유전이라는 폐해가 백에 하나도 비껴가지 못하는 매독만큼 강력하지 않기를 나는 늘 희망하고 있다. 설령 매독과 마찬가지라고 하더라도 지금은 606[12]의 발명으로 육체적인 질병은 치료할 수 있으므로 이제 나는 707 같은 약이 발명되어 사상적인 질병을 치료할 수 있기를 희망한다. 알고 보니 이런 약은 벌써 발명되었으니, 그것은 바로 '과학'이다. 정신적으로 코가 문드러진 벗들이 '조상 대대로 내려온 병'이라는 기치로 복약에 반대하지 않기를 희망할 따름이다. 언젠가는 중국의 혼미병이 온전히 치료되는 날이 있을 것이다. 조상의 세력이 크기는 하지만 이제부터라도 변화에 뜻을 두고 혼미한 마음과 혼미를 조장하는 물건(유·도 두 파의 문서)을 일소하고 병에 맞는 약을 쓴다면 즉각 효험을 보지는 못하더라도 병의 독소는 조금씩 약화될 것이고, 이렇게 해서 몇 세대 지나 우리가 조상이 될 즈음에는 혼미한 선조들의 세력을 얼마간 나누어 가지게 될 수 있을 것이다. 그때가 바로 전기轉機이고, 르봉이 한 말도 두려울 게 없을 것이다.

이상은 '미발달 민족'에 대한 나의 치료방법이다. '멸종'이라는 항목은 얼토당토않으므로 말할 필요가 없다. '멸종'이라는 무서운 두 글자를 어찌 우리 인류가 입에 담을 수 있겠는가? 이런 주장을 한 장헌충[13] 같은 사람은 지금까지도 인류에게 욕을 먹고 있다. 게다가 그런 주장이 실제적으로 무슨 효과를 보겠는가? 그런데 나는 무파의 제공諸公들에게 권하고 싶은 말이 있다. '멸종'이라는 말은 사람들을 놀라게 할 수는 있지만 자연을 놀라게 할 수는 없다는 것이다. 자연은 인정사정없다. 그것은 멸종이라는 길로 향하는 민족을 보면 가차 없이 멸종하도록 내버려 둔다. 우리는 스스로가 살고 싶어 하고, 다른 사람들도 모두 살기를 희망한다. 차마 다른 사람들의 멸종을 말하지 못하고, 그리고 그 사람들이 멸종의 길을 가는 도중에 우리를 연루시켜 멸종시킬 것을 두려워하고 있기 때문에 초조한 것이다. 현상을 바꾸지 않고도 흥성할 수 있고 진실로 자유롭고 행복한 생활을 누릴 수 있다면, 그렇기만 하다면 야만적인 삶도 너무 좋다는 것이다. 그런데 누가 감히 '그렇다'라고 대답할 수 있겠는가?

주)_____

1) 원제는 「三十八」, 1918년 11월 15일 『신청년』제5권 제5호에 실렸다. 필명은 쉰(迅).

2) 막스 노르다우(Max Nordau, 1849~1923). 헝가리 출생의 독일인 의사, 정치평론가, 작가. 저서로는 정치평론 『퇴화』(*Entartung*), 소설 『어울리지 않는 결혼』(*Morganatisch*) 등이 있다.

3) 노르웨이 극작가 입센(Henrik Ibsen)의 희곡 『민중의 적』(*En Folkefiende*)의 주인공 스토크만(Dr. Thomas Stockmann) 같은 사람을 가리킨다. 스토크만은 공중위생사업에 열심인 온천의 의사이다. 그는 온천에 대량의 전염병균이 함유되어 있는 것을 발견하고 온천의 개선을 건의한다. 하지만 경제적으로 손해 볼 것을 두려워한 시정 당국과 시민은 극력 반대하고 그를 면직하며 '민중의 적'으로 규정한다.

4) 모브(mob). '오합지졸'(烏合之卒)을 의미한다.

5) 장지동(張之洞, 1837~1909). 자는 효달(孝達), 즈리(直隸) 난피(南皮 ; 지금의 허베이성河北省에 속한다) 사람. 청말의 대신이며 양무파 지도자로 양광(兩廣)총독, 후광(湖廣)총독, 군기대신 등을 역임했다. "중학을 본체로 하고 서학을 쓰임으로 하다"(中學爲體 西學爲用)는 그의 저서 『권학편』(勸學篇)의 「설학」(設學)에 나온다. "학당의 법은 대략 다섯 가지 요체가 있다. 하나는 신·구를 겸하여 배우는 것이다. 사서오경, 중국 역사, 정치서와 지리가 구학이고, 서양 정치, 서양 예술, 서양 역사가 신학이다. 구학이 본체가 되고 신학은 쓰임이므로 어느 하나를 폐해서는 안 된다." 같은 책의 「회통」(會通)에서는 "중학은 내학이고 서학은 외학이다. 중학은 심신을 다스리고 서학은 세상의 일에 대응하는 것이므로 꼭 경전의 문장에 얽매일 필요는 없지만 그렇다고 해도 경전의 의미와 모순이 있어서는 안 된다"라고 했다.

6) "사상이 혼미"한 것은 "우리 민족이 일군 것"이라는 등의 말은 『신청년』 제5권 제2호 (1918년 8월 15일) 「통신」란에 실린 런홍촨(任鴻雋)이 후스(胡適)에게 보낸 편지를 겨냥한 것이다. 런홍촨의 편지에는 다음과 같은 내용이 있다. "나는 쳰(錢) 선생님이 한문을 폐지해야 한다고 말한 뜻은 한문이 좋지 않아서가 아니라 한문이 담고 있는 내용이 좋지 않아서라고 생각합니다. 따라서 그것을 모두 훼손하여 일소하자는 것이지요. 그런데 나는 이것이 근본적 방법이라고 생각하지 않습니다. 우리나라의 역사, 문자, 사상이 아무리 혼미하다고 하더라도 어쨌거나 미발달한 우리 민족이 이룩하여 남겨 놓은 것입니다. 이러한 혼미의 씨앗이 문자역사에만 존재하는 것이 아니라 현재와 장래의 자손의 마음과 머릿속에도 존재할 것입니다. 따라서 나는 대담하게 선언하고자 합니다. 만약 중국이 잘 되려면 반드시 중국인을 멸종하게 하는 것이 시급합니다! 애석하게도 한문과 한어를 폐지하자는 주장은 극단으로까지 밀고 가기는 했지만 아직 한 가지 목적에도 도달하지 못했습니다!"

런홍촨(1886~1961)은 자가 수융(叔永), 쓰촨(四川) 바현(巴縣) 사람이다. 일본과 미국에서 유학했고, 베이징대학 교수를 역임했다. 여기에 인용한 말은 그가 공자학 폐지, 도교 박멸, 일반인들의 유치하고 야만적이고 완고한 사상을 없애기 위해서는 우선 한자를 폐지해야 한다는 쳰쉬안퉁(錢玄同)의 주장을 겨냥해서 한 말이다.

7) 우이(牛二)는 『수호전』(水滸傳)에 나오는, 야만적이고 이치에 맞지 않는 태도로 양지(楊志)에게 보검을 팔라고 요구하는 인물이다. 제22회 「볜징청(汴京城)에서 양지가 보검을 팔다」에 나온다.

8) 귀스타브 르봉(Gustave Le Bon, 1841~1931). 프랑스 의사이자 사회심리학자. 그가 지은 『민족 진화의 심리학적 법칙』(Les Lois psychologiques de l'évolution des peuples; 즉, 본문에서 말한 『민족 진화의 심리』)의 제1부 제1장에 다음과 같은 말이 나온다. "우리는 종족을 시간을 초월한 영구적인 사물로 간주해야 한다. 이 영구적인 사물은 어떤 일정한 시기 내에 그것을 구성하는 삶의 개체들로 구성될 뿐만 아니라 장기적으로 부단히 연속된 죽은 자 즉, 조상들로도 이루어진다. 종족의 진의를 이해하기 위해서는 동시에 과거와 미래에까지 펼쳐야 한다. 죽은 자는 산 자와 비교하면 무한히 훨씬 더 많고 훨씬 더 강력하다. 그들은 무의식의 거대한 범위를 통치한다. 이무형의 세력이 보여 주는 지혜와 품성의 모든 표현에 있어서도 산 자들에 비교하면 죽은 자들이 더욱 깊이 한 민족을 지도하고 있다. 그들의 몸에서만이 종족을 건설할 수 있다. 한 세기 한 세기 지나면서 그들은 우리의 관념과 정감을 만들어 내고, 따라

서 우리 행위의 모든 동기를 만들어 낸다. 과거의 사람들은 그들의 생리적 조직을 우리에게 물려주었을 뿐만 아니라 우리에게 그들의 사상도 물려주었다. 따라서 죽은 자는 산 자의 이론의 여지가 없는 유일한 주재자이다. 우리는 그들이 범한 과실의 무거운 부담을 지고 있으며, 우리는 그들이 행한 덕행의 보응을 받고 있다."(장궁뱌오張公表 번역, 상우인서관商務印書館, 1935년 4월 초판)

9) 이학(理學)을 가리킨다. 송대 주돈이(周敦頤), 정호(程顥), 정이(程頤), 주희(朱熹) 등이 유가의 학설을 정리하여 만든 사상체계. '리'(理)를 우주의 본체로 간주하고 '삼강오상'(三綱五常) 등의 윤리도덕을 '천리'라고 말하며 "천리를 보존하고 인욕을 제거하자"(存天理滅人慾)고 주장했다.

10) 중국 고대의 소박한 유물주의와 변증법적 자연관이라고 할 수 있으며, 전국시대 제(齊)와 연(燕)의 방사들에 의해 시작되었다. 수, 화, 목, 금, 토라는 다섯 가지의 물질과 '음양'의 개념으로 자연계의 기원, 발전, 변화를 해석한다. 후에 음양가, 유가, 도가는 음양오행설을 신비화하여 조대(朝代)의 변화와 사회변동, 인간의 운명을 해석했다.

11) 전통 연극에서 배우들은 '검보'(臉譜; 분장술)에 따라서 분장을 했다. '무술'은 전통 연극 속의 무술을 말한다. 『신청년』은 '분장', '무술'의 존폐 문제에 대해 토론을 하기도 했다.

12) 아르스페나민(Arsphenamine)을 가리킨다. 항매독제로 1909년에 발명되었다. 약의 실험 단계에서 얻은 606화합물로 말미암아 606이라 불리게 되었다.

13) 장헌충(張獻忠, 1606~1646). 옌안(延安) 류수젠(柳樹澗; 지금의 산시陝西 딩볜定邊 동쪽) 사람으로 명말 농민봉기 지도자이다. 숭정(崇禎) 2년(1630)에 봉기하여 숭정 17년에 청두(成都)에서 대서국(大西國)을 건립했다. 청 순치(順治) 3년(1646)에 청나라 군대의 화살에 맞아 죽었다. 야사나 잡기를 포함한 고대의 역사서에는 그의 살인 행각에 대한 기록이 많이 있다.

수감록 39[1]

『신청년』 제5권 4호는 은연중에 연극개량 특집호가 되었는데, 문외한인 나로서는 별 할 말이 없다. 그런데 「연극개량 재론」[2]이라는 글에 나오는 "중국인이 이상을 말할 때면 경시하는 의미가 포함되어 있어서 이상은 곧 망상이고 이상가는 곧 망상가인 것처럼 느껴진다"라는 대목이 나의 추억을 불러일으켰으므로 부득이 쓸데없는 말 몇 마디 하지 않을 수 없다.

내 경험에 따르면 이상의 가치가 폭락한 것은 겨우 최근 5년 동안의 일이다. 민국 이전에만 해도 이렇지는 않아서 많은 국민들이 이상가는 길을 인도하는 사람으로 인정했다. 민국 5년 전후 이론적인 사업들이 착착 실현되자 이상파들은 ─ 깊이와 진위는 논하지 않기로 한다 ─ 유난히 고개를 들고 다녔다. 다른 한편으로는 구관료들의 정권 탈취와 냉대를 못 견디고 하산을 준비한 유로遺老들도 있었다.[3] 이들은 모두 이상파를 통렬히 증오하면서, 들도 보도 못한 학리學理와 법리法理가 앞을 가로막고 있어 활보할 수가 없다고 했다. 이리하여 이들은 삼일 밤낮의 고심 끝에 마침내 한 가지 병기를 생각해 내고, 이 이기利器가 있어야만 '리'理자 항렬의 원흉을 일률적으로 숙청할 수 있다고 했다. 이 이기의 거룩한 이름은 바로 '경험'이다. 이제 다시 새로운 아호雅號가 보태졌으니, 바로 너무나도 고상한 '사실'事實이라는 이름이 그것이다.

경험은 어디에서 얻는 것인가? 바로 청조에서 얻는 것이다. 경험은 우물쭈물하던 그들의 목청을 높였다. "개는 개의 도리가 있고 귀신은 귀신의 도리가 있고 중국은 다른 나라와 다르므로 중국의 도리가 있다. 도리란 저마다 다른 법인데 무조건 이상이라고 하니 심히 원통하다." 이런 때야말로 상하가 한마음으로 재정을 관리하고 종족을 강하게 만들어야 하는 시기이고, 게다가 '리'理자가 붙은 것들은 태반이 서양 물건이므로 애국지사라면 마땅히 배척해야 한다는 것이다. 따라서 순식간에 가치가 하락하고 순식간에 조롱을 당하고 순식간에 이상가의 그림자조차도 의화단 시절의 교민[4]들처럼 군중에게 버림받아 마땅한 대죄를 저지른 취급을 받게 되었다.

그런데 우리는 인격의 평등 역시 외래의 낡은 이상임을 분명히 알아야 한다. 이제는 '경험'이 이미 등단했으므로 인격의 평등은 당연히 망상으로 지목하고, 조종祖宗들이 만든 법규에 부합하도록 주모자건 공범자건 모조리 대신들의 신발로 짓밟아야 한다. 그런데 이러한 유린이 시작된 지도 어느새 4, 5년이 지났고, 경험가들도 너덧 살 더 나이를 먹어 이제껏 경험하지 못했던 죽음이라는 생물학적 학리에 차츰 가까워지고 있다. 그러나 뭇 나라들과 다른 중국은 여전히 이상이 거주하는 곳이 아니다. 대신들의 신발의 유린 아래에서 배운 제공諸公들은 벌써부터 자신들도 경험을 얻었다고 힘껏 크게 소리 지르고 있다.

그런데 과거의 경험은 황제의 발아래에서 배운 것이지만 현재와 장래의 경험은 황제의 종의 발아래에서 배운 것임을 우리는 알아야 한다. 종의 숫자가 많아질수록 심전5)의 경험도 많아지기 마련이다. 경험가 2세의 전성시대에는 이상이 경시될 뿐이고 이상가가 망상가로 간주될 뿐이라면 그나마 행복이고 요행이라고 할 수 있다.

작금의 사회에서 이상과 망상의 구분은 분명하지 않다. 다시 얼마 지나면 '할 수 없는 것'과 '하려 하지 않는 것'의 구분도 분명해지지 않고 정원 청소와 지구 쪼개기도 마구 섞어서 이야기하게 될 것이다. 이상가가 정원에 악취가 나므로 청소를 해야 한다고 말하면 —— 그때에는 이런 말을 하는 사람도 이상당理想黨 취급을 받을 것이다 —— 경험가는 이렇게 말할 것이다. "이제껏 여기서 소변 봤는데 뭐 하러 청소해? 절대로 안 돼, 단연코 안 돼!"

그때가 되면 '원래부터 이러한 것'이기만 하면 무조건 보배가 된다. 이름 모를 종기마저도 중국인의 몸에 난 것이라면 "붉은 종기 난 곳은 도화꽃처럼 요염하고, 곪은 곳은 진한 젖처럼 아름다운" 것이 된다. 국수가 존재하는 곳이라면 오묘하기가 형언할 수 없다. 반면 이상가들의 학리와 법리는 서양 물건이므로 전혀 입에 올리지 않게 될 것이다.

그런데 가장 괴이한 것은 민국 7년 10월 중하순 홀연 경험가, 이상·경험 겸비가, 경험·이상 미결정가들이 대거 등장하여 한결같이 공리公理가 강권을 이겼다고 말한 일이다.[6] 뿐만 아니라 공리를 향해 한바탕 찬양하고 한바탕 공손하게 굴었다. 이 사건은 경험의 범위를 벗어난 것일뿐더러 '리'자 항렬의 혐오스런 물품을 하나 더 보탠 일이기도 했다. 앞으로 어떤 식으로 수습이 될지 나는 아직 경험하지 못했으므로 감히 함부로 말할 수 없다. 생각건대, 경험을 주장하는 제공들도 아직 경험하지 못했으므로 입을 열지 못할 것 같다.

달리 도리가 없어 부득불 여기에서 제기하는 것인데, 경시나 당하는 이상가에게 가르침을 주시기를 청한다.

주)_____

1) 원제는 「隨感錄三十九」, 1919년 1월 15일 『신청년』 제6권 제1호에 발표했다. 필명은 탕쓰 본편부터 「수감록 66」까지는 모두 1919년에 발표한 글인데, 루쉰은 1918년 작품으로 착각하고 편집했다.

2) 「연극개량 재론」(再論戱劇改良). 『신조』(新潮) 잡지의 주편이었던 푸쓰녠(傅斯年)이 지은 글이다. 여기에 인용한 단락의 원문은 다음과 같다. "중국인은 '이상론'과 '이상가'의 진의를 이해하지 못한다. '이상'을 말하면 경시하는 의미가 포함되어 있어서 '이상'은 '망상', '이상가'는 '망상가'로 느낀다. 사실 세계의 진보는 철저하게 일부 '이상가'들이 만든 것이다."

3) 신해혁명 뒤 베이양군벌 위안스카이는 청조의 대신들과 협력하여 제국주의의 지지 아래 정권을 장악하여, 1912년 3월 베이징에서 임시대총통에 취임했다. 그는 "정치적·군사적 경험이 남들보다 우월하다"고 주장하며 무력으로 반대자를 진압하고, 슝시링(熊希齡)에게 소위 '일류 경험내각'을 조직하게끔 했다. 얼마 뒤 그는 황제 등극을 기도하게 되는데, 청조의 대신 라오나이쉬안(勞乃宣), 쑹위런(宋育人), 류팅천(劉

廷琛)도 그를 따라 베이징 등지에서 복벽(復辟)활동을 벌였다. 1917년에는 장쉰(張勛), 캉유웨이(康有爲) 등이 청의 마지막 황제 푸이(溥儀)의 복벽을 도운 사건이 일어나기도 했다.

4) 교민(敎民). 아편전쟁 이후 천주교와 기독교는 중국 각지에 교회를 세우고 신도들을 모았는데, 이 신도들을 '교민'이라고 불렀다. 그중 일부는 종교의 세력을 믿고 민중들을 기만하여 분노를 샀다. 의화단 운동 당시에 이러한 교민은 공격을 받기도 했다.

5) '심전'(心傳)은 선종 불교의 용어. 문자나 경전에 의지하지 않고 스승과 제자가 마음이 서로 통하여 주고받는 것을 말한다.

6) 1918년 제1차 세계대전 종결 후 영국, 미국, 프랑스 등 '연합군'은 그들이 독일, 오스트리아 등 '동맹국'을 이긴 것을 두고 "공리가 강권을 이겼다"고 선전했다. 중국은 당시에 연합국의 일원이었으므로 이를 이용하여 중국의 국제적 지위를 변화시키고자 했다.

수감록 40[1]

온종일 방안에 앉아 기껏 창밖으로 보이는 네모난 처참하게 누런 하늘을 바라볼 뿐이거늘 무슨 감회가 있겠는가? 다만 "한동안 존안을 못 뵈어 시시각각 그리움이 사무치는구려"[2]라고 씌어진 편지 몇 통과 "오늘 날씨가 참 좋소이다"라고 말하는 손님 몇 명이 있었을 따름이다. 모두 조상 대대로 내려오는 유서 깊은 점포의 문자와 언어들이다. 쓴 사람이나 말한 사람이나 무심코 한 것이므로 보는 사람도 듣는 사람도 아무런 감동이 없다.

오히려 나에게 의미 있었던 것은 일면식 없는 청년이 보낸 한 편의 시였다.

사랑

나는 불쌍한 중국인. 사랑! 나는 네가 무엇인지 모른다.

나에겐 가르쳐 주고 길러 주고 살뜰하게 보살펴 준 부모가 있다. 나

또한 못지않게 그들에게 잘했다. 나에게는 어린 시절 함께 놀고, 자라서는 함께 열심히 공부하고 살뜰하게 보살펴 준 형제자매가 있다. 나 또한 못지않게 그들에게 잘했다. 그런데 나를 '사랑'했던 사람은 없고, 나도 그들을 '사랑'하지 않았다.

내 나이 19세, 부모는 나를 장가보냈다. 요 몇 해 우리 둘은 그럭저럭 화목하다. 그런데 이 혼인은 남의 주장, 남의 주선으로 이루어졌다. 그들의 하룻밤 농담은 우리의 백 년 약속이 되었다. "워워, 너희 둘 한곳에서 사이좋게 지내거라!", 주인의 명령에 순종하는 두 마리의 가축처럼.

사랑! 불쌍하게도 나는 네가 무엇인지 모른다!

시의 수준이나 의미의 깊이에 대해서는 논하지 않기로 한다. 다만 나는 이 시가 피의 증기蒸氣, 깨어난 사람의 진짜 소리라고 말하고 싶다.

사랑이 무엇인가? 나도 모른다. 중국인 남녀는 대개 한 쌍 혹은 한 떼 ── 한 남자에 여러 여자 ── 로 살고 있다. 이들 중 누가 사랑을 아는지 모르겠다.

그런데 예전에는 고민의 소리를 듣지 못했다. 고민이 있더라도 소리를 지르기만 하면 곧장 잘못으로 치부되어 젊은이나 늙은이나 일제히 고개를 젓고 일제히 욕설을 퍼부었다.

하지만 사랑 없는 결혼의 후과는 지속적으로 끊임없이 진행되고 있다. 형식적으로 부부이지만 서로가 전혀 상관하지 않으므로 젊은이는 오입질하고 늙은이는 다시 첩을 사들인다. 제각기 양심을 마비시키는 비책이 있었다. 따라서 지금까지도 문제가 되지 않았던 것이다. 그런데 '질투'라는 글자를 만들어 낸 것은 그들이 일찍이 그것을 고심하며 다루었던 흔적을 보여 준다고 할 수 있다.

그런데 동쪽에서 먼동이 트면서 인류가 여러 민족에게 요구한 것은 '사람'——물론 '사람의 아들'도——이었다. 하지만 우리가 가진 것은 다만 사람의 아들, 며느리와 며느리의 남편밖에 없으므로 인류의 앞에 바칠 수가 없다.

그러나 마귀의 손에도 빛이 새는 곳이 있기 마련이므로 광명을 가리지는 못한다. 사람의 아들이 깨어난 것이다. 그는 사람 사이에는 사랑이 있어야 함을 알게 되었고, 과거의 젊은이와 늙은이가 저지른 죄악을 알게 되었다. 따라서 고민이 시작되었고 입을 열어 소리를 지르고 있는 것이다.

그런데 여성들은 애당초 죄가 없었음에도 지금 낡은 습관의 희생 노릇을 하고 있다. 인류의 도덕을 자각한 이상 우리는 양심적으로 저들 젊은이와 늙은이의 죄를 반복하지 않으려 하고, 또한 이성異性을 탓할 수도 없다. 하릴없이 더불어 한평생 희생 노릇을 하며 사천 년의 낡은 장부를 청산해야 한다.

한평생 희생 노릇을 하는 것은 지독히 무서운 일이만, 혈액은 필경 깨끗하고 소리는 필경 깨어 있고 진실하다.

우리는 크게 소리를 지를 수 있다. 꾀꼬리라면 꾀꼬리처럼 소리치고, 올빼미라면 올빼미처럼 소리치면 된다. 우리는 거들먹거리며 사창가를 빠져나오자마자 "중국의 도덕이 제일이다"라고 말하는 사람의 소리를 배워서는 안 된다.

우리는 또한 사랑 없는 비애를 소리쳐야 하고 사랑할 것이 없는 비애를 소리쳐야 한다. …… 우리가 낡은 장부帳簿를 깨끗이 지워 버리는 순간까지 외쳐야 한다.

낡은 장부는 어떻게 깨끗이 지우는가? 나는 대답한다. "우리의 아이들을 철저히 해방하는 것이다."

주)_____

1) 원제는 「四十」, 1919년 1월 15일 『신청년』 제6권 제1호에 발표했다. 필명은 탕쓰

2) 원문은 '久違芝宇, 時切葭思'. 전통시대 서신에서 자주 사용하던 표현이다. '지우'(芝宇)는 미우(眉宇), 즉 양미간이라는 뜻이다. 『신당서』(新唐書)의 「원덕수전」(元德秀傳)에 "방관매(房琯每)가 덕수를 보고는 탄식하면서 '자지(紫芝)의 미우를 보니 명리(名利)를 추구하는 마음이 모두 사라집니다'라고 말했다"는 말이 있다. '자지'는 원덕수의 자(字)이다. 이후로 '지우'는 타인의 용모를 존대하는 말로 사용되었다. '가사'(葭思)는 『시경』의 「진풍(秦風)·겸가(蒹葭)」에서 "우거진 갈대숲, 흰 이슬이 서리가 되었다. 그리운 그대는, 물가 저편에"(蒹葭蒼蒼, 白露爲霜. 所謂伊人, 在水一方)라고 한 데서 나온 말인데, 후에 벗에 대한 그리움을 표시하는 데 사용되었다.

수감록 41[1]

익명의 편지에서 '돌조각이나 헤아린다'(장쑤江蘇 방언)라는 말을 보았다. 아마도 재주가 없으면 개혁을 주장하지 말고 돌조각이나 헤아리는 게 낫다는 의미인 듯하다. 이로 말미암아 본 잡지 「통신」란에 실린 '석탄을 썼다'[2]라는 쓰촨 방언이 생각났다. 생각건대, 다른 성의 방언에도 유사한 말이 많을 것 같고, 오롯이 자포자기를 권하는 이런 격언을 지키는 사람도 결코 적지 않을 것이다.

무릇 중국인은 말 한 마디 하거나 일 한 가지 하는 데도 전래의 습관에 약간이라도 저촉되는 경우, 단 한 번의 공중제비로 성공해야만 발붙일 곳이 생기고 달군 쇠만큼이나 뜨거운 공경을 받게 된다. 그렇지 않으면 이단을 세운다는 죄명으로 말을 못 하게 되거나 심하게는 천지가 용납하지 않을 대역무도한 죄를 저지른 것이 되고 만다. 이런 사람들에 대해 과거에는 구족[3]을 멸하고 이웃까지 연루시켰으나 지금은 익명의 편지 몇 통 받는 정도에 지나지 않는다.[4] 그러나 의지가 다소 박약한 사람들은 이것만으로도 위축되지 않을 수 없기 때문에 어느새 '돌조각 헤아리기'당黨에 편입되어 버리고 만다.

따라서 지금 중국은 사회적으로 개혁이 전혀 없고 학술에도 발명이 없으며 예술에도 창작이 없다. 많은 사람들의 지속적인 연구와 앞사람이 쓰러지면 뒷사람이 이어 가는 탐험 같은 것은 언급할 필요도 없다. 이 나라 사람의 사업이란 대체로 최신식의 성공을 도모하기 위한 처세와 모든 것에 대한 냉소뿐이다.

그런데 냉소적인 사람은 개혁을 반대하나, 그렇다고 하더라도 보수적인 능력을 갖추고 있는 것도 아니다. 예를 들어 문자만 두고 보더라도 백화는 정녕 눈에 거슬려하면서도 고문도 그다지 잘 쓰는 것도 아니다. 그의 학설에 따르자면 '돌조각이나 헤아려'야 마땅하지만 그렇게 하지 않고 영문을 알 수 없는 냉소를 지을 뿐이다.

중국에 사는 사람들은 이런 분위기에서 성공하고 이런 분위기에서 위축되고 부패하고 죽음에 이른다.

나는 인간과 원숭이의 기원이 같다는 학설을 조금도 의심할 수 없다고 생각한다. 그런데 어째서 고대의 원숭이들은 모두가 노력하여 인간으로 변하지 않고 오늘날까지 자손을 남겨 사람들의 구경거리가 되어 버렸는지 모르겠다. 당시 사람의 말을 배우고자 분발했던 원숭이가 필경 한 마리도 없었던가? 아니면 몇 마리 있었더라도 원숭이 사회가 이단을 세운다고 그들을 공격하여 모두 물어뜯어 죽여 버렸기 때문에 결국 진화할 수 없었던 것인가?

니체 식의 초인은 너무 막연하다고 느껴지지만 세계에 현존하는 인종의 실태를 보면 장래에 언젠가는 더욱 고상하고 더욱 원만한 인류가 출현할 것이라고 확신할 수 있다. 그때가 되면 '유인원' 앞에 어쩌면 '유원인'類猿人이라는 명사를 덧붙여야 할지도 모른다.

그러므로 나는 항상 두려워하며, 중국의 청년들이 냉기를 벗어나 자포자기하는 자들의 말을 듣지 말고 오로지 앞을 향하여 걸어가기를 바란다. 일할 수 있는 사람은 일하고 소리 낼 수 있는 사람은 소리를 내라. 한 점의 열이 있으면 한 점의 빛을 발하라. 반딧불이처럼 어둠 속에서 한 점의 빛을 발할 수 있다면 꼭 횃불을 기다릴 필요는 없다.

앞으로 끝내 횃불이 없다면, 내가 바로 유일한 빛이다. 횃불이 나타나고 태양이 출현한다면, 우리는 자연스레 기꺼이 복종하며 사라질 것이다. 조금도 불평하지 않고 횃불이나 태양을 수희⁵⁾하며 찬미할 것이다. 왜냐하면 그것은 나를 포함한 모든 인류를 비추기 때문이다.

나는 또한 중국의 청년들이 모두 냉소와 암전暗箭을 아랑곳 않고 오로지 앞을 향하여 걸어가기를 바란다. 니체는 말했다.

실은, 사람이 탁류이다. 이런 탁류를 받아들여 깨끗하게 할 수 있는 것은 응당 바다이다.
아, 내가 너희에게 초인을 가르쳤다. 이것은 바로 바다이다. 거기에서 너희의 큰 모독을 받아들일 것이다.
(『차라투스트라는 이렇게 말했다』의 「서문」 제3절)

웅덩이에 지나지 않더라도 대해大海를 배울 수 있다. 여하튼 간에 모두 물이므로 서로 통하는 것이다. 그늘이 돌멩이 몇 개를 몰래 던지 더라도 내버려 두고, 그들이 구정물 몇 방울을 등 뒤에서 뿌리더라도 내버려 두면 그뿐이다.

이러한 것들은 '큰 모독'이라고 할 수 없다. 큰 모독이라면 모름 지기 담력이 있어야 하기 때문이다.

주)_____

1) 원제는 「四十一」, 1919년 1월 15일 『신청년』 제6권 제1호에 발표했다. 필명은 탕쓰.

2) 『신청년』 제5권 제2호(1918년 8월 15일)의 「통신」란에는 런훙촨이 후스에게 보낸 편 지가 실려 있는데, 내용은 다음과 같다. "『신청년』은 한편으로는 문학개량을 말하고 다른 한편으로는 한문폐지를 말하는데, 서로 모순되는 것이 아닙니까? 폐지하여 쓰 지 말자고 하면서 쓰지 않는 것을 힘써 개량하고자 하는 겁니다. 우리 쓰촨(四川)에는 '할 일이 없거든 석탄이나 씻으러 가는 것이 낫다'는 속담이 있습니다."

3) 구족(九族). 자신과 자신의 윗세대인 부, 조, 증조, 고조 그리고 아랫세대인 자, 손, 증 손, 현손(玄孫)까지를 가리킨다. 부계 4대, 모계 3대, 처족 2대를 가리키기도 한다.

4) 『신청년』에 처음 발표했을 당시의 원문은 다음과 같다. "이제는 외래의 영향을 받아 서 형식적으로 처리하기 어려워졌다. 사회적으로 심히 미워하고 통절해한다고 하더 라도 얼굴을 마주하고 전사가 되어 정면으로 죽이러 올 필요는 없다. 몇 개의 암전과 연이은 냉소를 보내며 돌멩이를 던지고 익명의 편지 몇 통을 보내면 그만이다."

5) 수희(隨喜). 불교용어. 불교에서는 선행보시가 기쁜 마음을 낳는다고 믿는데, 다른 사 람들을 따라서 좋은 일을 하는 것을 '수희'라고 일컫는다. 『대지도론』(大智度論) 61에 "일체 화합에 수희가 덕이 된다"라는 말이 있다.

수감록 42[1]

벗에게서 들었다. 항저우杭州에 있는 영국 성공회 의사가 의학서적에 서문을 달면서 중국인을 토인土人이라 일컬었다고 한다. 나는 처음에 도 자못 편치 않았고 곰곰이 다시 생각해 본 지금도 하릴없이 인내하고 있다. 원래 토인이라는 말은 그 땅에서 태어난 사람을 말하는 것일 뿐 아무런 악의도 없었다. 훗날 그것이 대부분 야만족을 가리키게 되면서 새로운 의미가 보태져 야만인의 대명사처럼 되고 말았다. 그들이 이런 말로 중국인을 지칭한 데는 모독의 의미가 포함되어 있음이 분명하다. 그런데 우리는 지금 이 이름을 수용하는 것 말고는 실제 달리 방법이 없다. 왜냐하면 이러한 시비는 모두 사실에 근거하고 있으므로 결코 말주변으로 싸워 이길 수 있는 게 아니기 때문이다. 중국 사회에 존재하는 식인, 약탈, 살해, 인신매매, 생식기 숭배, 심령학, 일부다처 등등을 보라. 무릇 소위 국수 가운데서 야만인의 문화(?)와 맞아떨어지지 않는 것은 하나도 없다. 변발하기, 아편 피우기 역시 토인의 괴상한 두발이나 인도대마[2)와 같은 것이다. 전족에 이르면 더욱이 토인의 장식 중에서도 으뜸 가는 새로운 발명이라고 할 수 있다. 토인들은 신체에 온갖 장식을 하기를 좋아한다. 귀를 뚫어 나무를 끼우고, 새 주둥이처럼 아랫입술에 큰 구멍을 내어 짐승 뼈를 꽂는다. 얼굴에는 난초를 그리고 등에는 제비를 새긴다. 여인의 가슴 앞에는 둥글고 긴 많은 혹을 만들어 놓기도 한다. 그런데 그들은 걸을 수도 있고 일할 수도 있다. 그들은 끝내 한 가지는 이룩하지 못했으니[3)] 바로 전족이라는 괜찮은 방법을 생각하지 못했던 것이다. …… 세상에는 이처럼 신체적 고통을 알지 못하는 여자와 이처럼 잔혹함을 즐거움으로, 추악함을 아름다움으로 간주하는 남자들이 존재한다. 정말로 기이하고 괴상한 일이다.

자대自大와 호고好古는 선비의 특성이다. 영국인 조지 그레이[4)]는 뉴질랜드 총독 시절에 『다도해 신화』를 썼다. 서문에서 그는 글 쓴 목적이 학술에만 있는 것이 아니라 대부분 정치적 수단에 있다고 말했다. 그는 뉴질랜드 토인과는 더불어 이치를 논할 수 없었다고 했다. 그들의 신화적 역사에서 뽑아낸 유사한 사건을 예로 들어 추장이나 제사장에게 들려주어야만 통했다는 것이다. 예컨대 철로를 건설하고자 할 때 이 일이 얼마나 이익이 되는지를 설명해도 결코 들으려 하지 않는다는 것이다. 하지만 신화에 근거하여 옛날 어떤 신선이 무지개 위에서 일륜차를 타고 다녔는데 지금 그것을 모방하여 길을 만들려고 한다고 말하면 안 되는 일이 없었다는 것이다. (원문은 오래전에 잊어버렸고 여기에서 말한 것은 대강의 뜻이다.) 중국에서는 13경, 25사가 바로 추장과 제사장들이 한마음으로 숭배하는 치국평천하의 족보에 해당한다. 앞으로 무릇 토인과 교섭하는 '서양의 철인'들이 이러한 책을 엮어 준다면 우리의 '동학서점'[5]이 성공하도록 도와주는 것이므로 토인들은 아주 즐거워할 것이다. 그런데 그 번역본의 서문에 무엇이 쓰일지는 모르겠다.

주)_____

1) 원제는 「四十二」, 1919년 1월 15일 『신청년』 제6권 제1호에 발표했다. 필명은 루쉰.

2) 인도대마(印度大麻). 콩과의 1년생 초본식물. 마제품의 원료와 가축 사료로 쓰인다. 진정제와 수면제, 마리화나와 해시시의 원료이기도 하다.

3) 원문은 '未達一間'으로 '여전히 약간의 차이가 있다'는 뜻이다. 한대 양웅(揚雄)이 쓴 『법언』(法言)의 「문신」(問神)에 "안연(顏淵) 또한 중니(仲尼)에 몰두했으나 여전히 약간의 차이가 있었다"라는 말이 나온다.

4) 조지 그레이(George Grey, 1812~1898). 오스트레일리아, 뉴질랜드, 남아프리카공화국의 식민지 총독 역임. 1877년에서 1897년까지 뉴질랜드 총독을 지냈는데, 그 당시에 쓴 『다도해 신화』(Polynesian Mythology, 1855)는 뉴질랜드 토착민 마오리족의 신화와 구전 역사를 연구한 저술이다. '다도해'는 폴리네시아(Polynesia)를 일컫는다.

5) 동학서점(東學西漸). 1909년 일본의 한학자 가이난 진진(槐南陳人)은 『동학서점』을 써서 도쿄의 『니치니치(日日)신문』에 발표했다. 당시 상하이의 『신주(神州)일보』는 이 글을 번역 게재했다. 그 가운데 다음과 같은 내용이 있다. "런던에 있는 두세 서점의 판매 목록에는 …… 『십삼경주소』(十三經注疏), 『사기』(史記), 『전후한서』(前後漢書) 등이 있다. 대개 중국의 문물과 예제에 관한 서적은 거의 모두 갖추고 있다. …… 동학서점이 이미 이렇게 성한지 어찌 알았겠는가? 흡사 한밤중에 수탉이 소리를 들은 자로 하여금 춤을 추라고 재촉하는 것과 같다." 『신주일보』의 편집자는 이를 칭송하는 주석을 덧붙였다.

수감록 43[1]

진보적 미술가, 이것은 내가 중국 미술계에 요구하는 것이다.

미술가는 물론 숙련된 기술이 있어야 하지만, 진보적 사상과 고상한 인격이 더욱 필요하다. 그의 작품은 표면적으로는 그림 한 장이거나 조각상 하나일 따름이지만 실은 그의 사상과 인격의 표현이다. 우리들이 즐거이 감상하도록 해줄 뿐만 아니라, 특히 감동을 불러일으켜 정신적인 영향을 끼친다.

우리가 요구하는 미술가는 '공민단'[2]의 수령이 아니라 길을 인도하는 선각자이다. 우리가 요구하는 미술품은 수평선 이하의 사상적 평균 점수가 아니라 중국 민족이 지닌 지능의 최고점의 표본을 기록하는 것이다.

최근 상하이에서 발행되는 어떤 신문의 증간본 『포커』[3]에서 풍자화 몇 장을 보았다. 그의 화법은 서양을 모방하고 있었는데, 나는 어떻게 사상이 이토록 완고하고 인격이 이토록 비열한지 너무나 의아했

다. 교육을 받지 못한 아이가 분필로 벽에다 겨우 '아무개는 내 아들'⁴⁾
이라고 쓰는 수준과 다를 게 없었다. 유감스럽게도 외국의 사물은 중
국에 들어오기만 하면 검은 잉크병에 집어넣은 것처럼 한결같이 본래
의 색깔을 잃어버린다. 미술도 그중 하나이다. 체형이 불균형한 나체
화를 배워 포르노를 그리고 명암이 불분명한 정물화를 배워 간판이나
그릴 따름이다. 껍데기가 바뀌었으되 마음은 그대로이므로 결과가 이
모양인 것이다. 따라서 풍자화가 인신공격의 도구로 바뀌었다고 해서
이상할 것 없다.

　　풍자화에 대해 말하자니 미국의 화가 브래들리(L. D. Bradley,
1853~1917)가 생각이 난다. 오로지 풍자화만을 그린 그는 유럽전쟁
에 대한 그림으로 명성이 높은데, 애석하게도 재작년에 사망했다. 나
는 「추수기의 달」(The Harvest Moon)이란 그의 그림을 보았다. 위에
는 해골 같은 달이 황폐한 밭을 비추고 밭에는 병사들의 시체가 한 줄
한 줄 늘어서 있다. 아아, 이 그림이야말로 진정한 진보적 미술가의 풍
자화라고 할 수 있다. 나는 장래 중국에도 이러한 진보적인 풍자화가
가 출현하는 날이 있기를 희망한다.

주)_____

1) 원제는 「四十三」, 1919년 1월 15일 『신청년』 제6권 제1호에 발표했다.
2) 공민단(公民團). 위안스카이의 하수인들로서 1913년 10월 '공민단'이라 자칭하며 국
　회를 포위하고 의원들에게 위안스카이를 총통으로 뽑을 것을 강요했다. 훗날 베이양

군벌 돤치루이(段祺瑞), 차오쿤(曹錕) 등도 공민단과 같은 어용조직을 활용하여 권력을 장악하고자 했다.

3) 『포커』(潑克). 상하이 『시사시보』(時事時報)에서 매주 발행한 그림 증보간행물인 『포커』를 가리킨다. 이 그림판의 내용과 경향에 관해서는 「수감록 46」 참고. '포커'는 영어 'Puck'의 음역으로 영국 민간전설에 나오는 짓궂은 장난을 좋아하는 요정이다.

4) 원문은 '某某是我而子'인데, 여기에서 '아둘'로 번역한 단어에 해당하는 글자는 '而子'이다. 원래 아들에 해당하는 중국어는 '얼쯔'(兒子)인데, '而子'와 '兒子'는 발음이 똑같다. 루쉰은 교육을 받지 못한 아이들이 발음이 같은 '而'과 '兒'을 혼동해서 쓰는 것을 흉내 낸 것이다.

수감록 46[1]

민국 8년 정월 즈음, 나는 친구 집에서 상하이의 어떤 신문에서 매주 증보간행하는 풍자화를 본 적이 있는데 그것은 바로 첫 발행본이었다. 네모난 작은 그림 몇 개 그려 놓았고, 대의는 한문 폐지를 주장하는 사람을 욕하는 것이었다. 외국인 의사를 위해서 외국 개의 마음으로 바꾸는 것이라고 말했다. 따라서 로마자로 읽는 것은 완전히 외국 개가 짖는 것이 된다.[2] 그런데 그림 위쪽에는 쌍구[3]의 커다란 글자로 '포커'潑克라고 씌어져 있었다. 이 증간본의 이름인 듯했지만 전혀 중국말 같지가 않았다. 나는 이로 말미암아 이 미술가가 불쌍하다는 생각이 들었다. 그——개인에 대한 인신공격은 하지 않기로 한다——는 외국 그림을 배워 외국어를 욕하면서 이름은 외국어였던 것이다. 풍자화는 원래 사회의 고질병을 찌르는 것이다. 그런데 침을 놓는 사람의 시선이 사방 한 자 길이의 종이 위에서도 불분명하니 어떻게 정확한 방향을 가리키고 사회를 인도할 수 있겠는가?

요 며칠 다시 소위 『포커』라는 것을 보았더니 신문예 제창자들을 욕하고 있었다. 요지는 숭배 대상이 모조리 외국의 우상이라는 것이다.[4] 나는 이로 말미암아 이 미술가가 더욱 불쌍해졌다. 그는 그림을 배웠고 게다가 '포커'를 그리면서도 외국화도 문예의 하나라는 사실을 모르고 있는 것이다. 그는 자신의 본업에 대해서도 검은 단지 속에 갇혀 있는 격이니 어떻게 아름다운 창작품을 만들어 내고 사회에 공헌을 할 수 있겠는가?

그런데 '외국의 우상'이라는 말 덕분에 한 가지 생각이 떠올랐다.

중국과 외국을 막론하고 우상은 있기 마련이다. 하지만 외국에는 우상을 파괴하는 사람이 많다. 그들의 영향으로 종교개혁, 프랑스혁명을 성공시키기도 했다. 낡은 우상이 파괴될수록 인류는 진보하는 법이다. 따라서 최근에 벨기에의 의로운 전쟁,[5] 인도人道와 함께하는 광명이 발생했던 것이다. 다윈, 입센, 톨스토이, 니체 등은 최근의 우상파괴의 대인물들이다.

이런 우상파괴자들에게 있어서 『포커』는 전혀 쓸데없는 것이다. 그들은 모두 확고부동한 자신감이 있으므로 우상보호자들의 조소를 전혀 아랑곳하지 않는다. 입센은 말했다.

내가 너희들에게 알려 주마. 세계에서 가장 건장하고 힘 있는 이 사람은 바로 고립된 사람이다.(『민중의 적』 중에서)

마찬가지로 우상보호자들의 아첨에도 아랑곳하지 않는다. 니체는 말했다.

　　그들은 칭찬으로 너의 웅웅거리는 외침을 포위한다. 그들의 칭찬은
철면피이다. 그들은 너의 피부와 너의 혈액에 접근하고자 한다.(『차
라투스트라는 이렇게 말했다』의 제2장 「시장의 포승」)

　　이런 사람들이야말로 창작자들이다. 우리 세대가 재주와 능력이
모자라 창작을 하지 못한다면 공부는 해야 한다. 숭배하는 것이 새로
운 우상이라고 하더라도 중국의 낡은 것보다는 어쨌거나 낫다. 공자와
관우를 숭배하기[6]보다는 다윈, 입센을 숭배하는 것이 낫다. 온장군,
오도신[7]에게 희생되는 것보다는 Apollo[8]에게 희생되는 것이 낫다.

주)＿＿＿＿

1) 원제는 「四十六」, 1919년 2월 15일 『신청년』 제6권 제2호에 발표했다. 필명은 탕쓰.
2) 상하이 『시사신보』에서 매주 발행하는 그림 증간본 『포커』(潑克)를 가리킨다. 여기서
　 언급하는 풍자화는 1919년 1월 5일에 실린 것으로 모두 6장이며 선보천이 그렸다.
　 글자 설명 가운데 "모 신학자(新學者)들은 한문폐지를 주장한다", "그러나 로마자를
　 익히는 것은 아무래도 잘 맞지 않는다는 어려움이 있으므로 의사에게 물어본다", "의
　 사는 로마 개의 마음으로 그들의 마음을 바꾸기를 요구한다", "모 신학자들은 마음을
　 바꿔 먹고 로마자 병음을 읽으니 그것을 들으면 과연 로마 개가 짖는 것과 같다!" 등
　 이 있다.
　 선보천(沈泊塵, 1889~1920). 본명은 선쉐밍(沈學明), 저장(浙江) 사람. 독학으로 그림
　 을 배워 명성을 얻었다. 유럽전쟁을 풍자하고 매국노를 공격하는 만화를 그리기도

했고, 서방문화의 수입에 대한 조롱을 주제로 한 그림도 그렸다.

3) 쌍구(雙鉤)는 글자의 테두리만 긋고 속은 비세 하는 필법이다.

4) 1919년 2월 9일 『시사시보』 증간본 『포커』에는 신문예를 풍자한 선보천의 그림이 실렸다. 모두 4장. 글자 설명에 모 문학자는 "늘 그가 쓴 신문예로 사람을 현혹한다", "그런데 그의 사상적 근거는 바로 외국의 우상이다" 등의 말이 나온다.

5) 제1차 세계대전 당시 독일은 서부전선에서 프랑스군을 공격하기 위해 벨기에를 경유하고자 했다. 벨기에는 '중립국'을 표방하고 있었으므로 독일군의 경유를 거절하여 전쟁이 발발했다. 당시 '연합군'은 벨기에의 참전을 '의로운 전쟁'이라고 불렀다.

6) 한대 이래 역대 왕조는 공자를 숭배했다. 당 개원(開元) 27년에는 공자를 '문선왕'(文宣王)으로 추존했으며, 원대에는 '대성지성문선왕'(大成至聖文宣王)으로 봉했고, 명청에는 '지성선사'(至聖先師)라고 칭하고 각지에 사당(속칭 문묘文廟)을 건설했다. 송 휘종(徽宗) 때부터는 관우(關羽)를 '무안왕'(武安王), '협천보국충의대제'(協天保國忠義大帝)로 존경했고 각지에 사당(속칭 무묘武廟)을 세웠다.

7) 온장군(瘟將軍), 오도신(五道神)은 과거 중국의 민간에서 섬기던 전염병과 재해를 관장하는 신이다.

8) 로마 신화에 나오는 아폴로(Apollo)를 가리키며, 그리스 신화의 아폴론(Apollon)에 해당한다. 제우스(Zeus)와 레토(Leto)의 아들로 올림포스 십이 신 가운데 하나며, 예언·의료·궁술·음악·시의 신이다. 광명의 신이기도 하여 후에는 태양신과 동일시되었다.

수감록 47[1]

누군가가 사방 반 치 크기의 상아를 조각했는데 별거 아닌 것 같지만 현미경으로 보면 행서로 새긴 『난정서』[2]가 보인다. 나는 이렇게 생각한다. 현미경적으로 만든 까닭은 극히 미세한 자연물들을 보기 위해서였을 것이나, 이제는 수공手工으로 사방 반 자[3] 크기의 상아판에 새기면 일목요연하므로, 현미경을 사용하는 수고를 더는 것도 괜찮지 않을까?

장삼과 이사[4]는 동시대 사람이다. 장삼은 고전을 외어 고문을 짓고, 이사는 고전을 외어서 장삼이 지은 고문을 읽는다. 나는 이렇게 생각한다. 고전은 옛사람의 시사時事이고 당시의 일을 알고자 하면 고전을 꼭 펼쳐 보아야 했을 것이나, 이제는 두 사람이 동시대를 살고 있으니 진실하게 말하면 일목요연하므로, 당신이나 나나 고전을 외는 수고를 더는 것도 괜찮지 않을까?

전문가들은 이렇게 말한다. 무슨 말이오! 이것이 곧 능력이고, 학문이지요!

　　나는 중국인들 중에 이런 능력과 학문을 갖춘 사람이 많지 않은 것이 다행이라고 생각한다. 누구라도 이런 술수를 부릴 줄 알게 되면, 농부가 쌀가루 한 알을 보내와도 현미경으로 비추면 밥 한 그릇이 되고, 물지게꾼은 물을 적신 흙을 지고 오니 차 마시려는 사람은 젖은 흙 속에서 물을 걸러 내야만 할 것이다. 이 지경이면 정녕 더 이상 버틸 수 없게 되고 만다.

주)＿＿＿＿＿

1) 원제는 「四十七」, 1919년 2월 15일 『신청년』 제6권 제2호에 발표했다. 필명은 탕쓰

2) 『난정집서』(蘭亭集序)를 가리킨다. 진(晉)대 왕희지(王羲之)의 작품으로 행서(行書) 의 모범 서적이다. 전문은 320여 자로 되어 있으며 당대의 복각본이 전해진다.

3) 한 자는 한 치의 열 배이며, 약 30.3cm이다. 즉, 반 자는 약 15.15cm.

4) '장삼이사'(張三李四). 장씨의 셋째아들과 이씨의 넷째아들이란 뜻으로 어디에서나 만날 수 있는 평범한 사람들을 가리키는 말이다.

수감록 48[1]

중국인은 이민족에 대하여 역대로 두 가지 이름으로 불렀다. 하나는 금수禽獸이고 다른 하나는 성상聖上이다. 종래로 그들을 친구로 부르거나 그들도 우리와 같다고 말한 적이 없다.

고서에 나오는 뤄수이[2]는 필경 우리를 기만했다. 듣도 보도 못한 외국인들이 들어왔기 때문이다. 이들과 몇 번 맞붙어 보고는 차츰 '공자께서 가로되, 시경에서 말하길'子曰詩云이라는 것이 쓸모없게 보였고, 이리하여 유신維新을 하고자 했다.

유신을 하자 중국은 부강해졌다. 배워 온 새것으로 외래의 새것을 막아 내고 대문을 닫고 다시 옛것을 고수했다.

유감스럽게도 유신은 껍데기에 불과했고 대문 닫기 역시 한갓 꿈에 지나지 않았다. 외국의 새로운 사물과 이치는 갈수록 많아지고 갈수록 강해졌다. '공자께서 가로되, 시경에서 말하길'은 밀려날수록 신산해지고 볼수록 쓸모가 없어졌다. 이리하여 두 가지 옛 이름 외에

'서철'西哲이나 '서유'西儒라는 새로운 이름을 생각해 냈다.

그들의 이름은 새로운 것이었으나 우리의 생각은 옛날 그대로였다. '서철'의 재주도 배워야 하지만 '공자께서 가로되, 시경에서 말하길'도 창도해야 하기 때문이다. 바꾸어 말하면 외국의 재주도 배우고 중국의 구습도 보존하자는 것이다. 재주는 새로워야 하고 사상은 옛 것을 지켜야 한다. 새로운 재주와 낡은 사상을 갖춘 신인물은 낡은 재주와 낡은 사상을 갖춘 구인물을 등에 업고 그들에게 다년간의 경험이라는 낡은 재주를 발휘하도록 청했다. 한마디로 요약하면, 몇 년 전에는 그것을 일러 "중학을 본체로 하고 서학을 쓰임으로 한다"라고 했고, 최근 몇 년 동안에는 그것을 일러 "시절에 맞추고 절충이 지당하다"라고 했다.[3]

사실 세상에는 이처럼 마음먹은 대로 되는 일은 절대로 없다. 소 한 마리도 생명을 죽여 공자에게 제사 지내면 밭갈이를 할 수 없고 고기를 먹으면 우유를 짤 수 없다. 하물며 사람이라면 모름지기 자신부터 살고 봐야 하는데 선배 선생을 등에 업고 살아야 함에 있어서랴. 살아 있는 동안 선배 선생의 절충을 삼가 따르며 아침에는 읍하고 저녁에는 악수하고, 오전에는 '음향학, 광학, 화학, 전기학'을 하고 저녁에는 '공자께서 가로되, 시경에서 말하길'을 해야 한다니?

사회적으로 귀신을 가장 신봉하는 사람들조차도 영신회 날 하루만 신여를 들고 나온다.[4] '음향학, 광학, 화학, 전기학'을 공부한 '신진 영재'들이 산속의 은사와 해변의 유로를 등에 업고서 평생을 절충하면서 지낼 수 있을지 모르겠다.

'서철' 입센은 그럴 수도 없고 그래서도 안 된다고 생각했던 것 같다. 따라서 Brand[5]의 입을 빌려 말했다. "All or nothing!"

주)_____

1) 원제는 「四十八」, 1919년 2월 15일 『신청년』 제6권 제2호에 발표했다. 서명은 탕쓰

2) 중국의 고서에는 뤄수이(弱水)에 관한 신화와 전설이 많다. 『해내십주기』(海內十洲記)에는 "펑린저우(鳳麟洲)는 서해의 중앙에 있으며 사방이 1500여 리이다. 펑린저우의 사면은 뤄수이가 에워싸고 있다. 기러기 털도 뜨지 않으므로 건너갈 수가 없다"라는 이야기가 나온다. 본문에서 "필경 우리를 기만했다"라고 한 것은 "건너갈 수 없는" 뤄수이라고 했음에도 불구하고 외국인이 침입하는 것을 막지 못했음을 뜻한다.

3) 각각의 원문은 '中學爲體, 西學爲用', '因時制宜, 折衷至當'이다.

4) '영신회'(迎神會)는 과거 민간의 풍속이다. 의장을 갖추고 북과 연극으로 신을 맞이하고 마을을 돌며 제사를 지내고 복을 기원한다. '신여'(神輿)는 종묘제례 때 쓰이던 상여를 가리킨다.

5) 브랜드(Brand). 입센이 지은 시극 『브랜드』의 등장인물이다.

수감록 49¹⁾

대개 고등동물은 뜻밖의 변고를 당하지 않으면 유년에서 장년으로, 장년에서 노년으로, 노년에서 사망에 이른다.

우리는 유년에서 장년까지 조금도 이상할 것 없이 지나갔으므로 앞으로도 당연히 조금도 이상할 것 없이 지나갈 것이다.

그런데 유감스럽게도 유년에서 장년까지 분명 조금도 이상할 것 없이 지나갔음에도 불구하고, 장년에서 노년까지는 조금 기괴하고 노년에서 죽음으로 다가가는 중에는 기상천외하게도 소년의 길을 죄다 차지하고 소년의 공기를 죄다 마셔 버리려는 사람이 있다.

이런 시절에 사는 소년들은 부득불 우선 누렇게 시드는 길을 가고, 장차 신경과 혈관이 모두 나빠진 노인이 된 이후에나 활동을 시작하게 된다. 따라서 사회적인 상태로 보면 우선 '애늙은이' 노릇부터 하고, 허리와 등이 굽어지는 시기가 되어야 비로소 더욱 '일홍逸興이 빠르게 날아가'²⁾게 되어, 흡사 이때부터 비로소 사람 노릇 하는 길에 오르는 것 같다.

그러나 결국 자신의 연로함을 망각할 수가 없으므로 신선이 되기를 희구한다. 남들은 다 늙더라도 자신만은 늙지 않으려는 인물로는 중국의 노老선생을 일등[3]으로 추천하지 않을 수 없다.

진짜로 신선이 된다면 영원히 그들이 주재하게 되고 더 이상 후배가 필요 없게 된다. 따라서 이것이 제일 좋은 일이다. 유감스럽게도 그들은 끝내 신선이 되지 못하고 결국은 하나하나 죽음에 이른다. 다만 그들이 만든 노老천지를 남겨 놓아 소년들로 하여금 그것을 등에 업고 고생하도록 만든다. 이것은 정녕 생물계의 괴이한 현상이다!

나는 종족의 연장──곧 생명의 연속──은 분명 생물계의 사업 가운데 아주 중요한 부분이라고 생각한다. 어떻게 연장하는가? 말할 필요도 없이 진화를 바라는 것이다. 그런데 진화의 도중에는 언제나 신진대사가 필요하다. 따라서 새로운 것은 흥겹게 앞으로 나아가야 한다. 이것이 바로 건강함이다. 낡은 것도 흥겹게 앞으로 나아가야 한다. 이것은 바로 죽음이다. 저마다 이렇게 걸어가는 것이 바로 진화의 길이다.

노인들은 소년들이 걸어가도록 길을 열어 주고 재촉하고 장려해야 한다. 그들이 가는 도중에 심연이 있으면 자신들의 주검으로 메워야 한다.

소년들은 심연을 메워 준 그들에게 감사하며 스스로 걸어 나가야 한다. 노인들도 자신들이 메운 심연 위를 걸어 멀어져, 멀어져 가는 그들에게 감사해야 한다.

이 점을 분명히 깨달으면 유년에서 장년, 노년, 죽음에 이르기까지 모두 즐거워하며 지나갈 것이다. 그리고 한 걸음 한 걸음 내딛는 이들의 대부분은 선조들을 초월하는 새로운 사람들이다.

이것은 생물계가 정당하게 개척한 길이다! 인류의 선조들은 모두 이미 이렇게 해왔다.

주)_____

1) 원제는 「四十九」, 1919년 2월 15일 『신청년』 제6권 제2호에 발표했다. 필명은 탕쓰

2) 당대 왕발(王勃, 649~676)의 「등왕각서」(滕王閣序)에 있는 "아득히 읊조리다 고개 숙여 생각하니 일흥이 빠르게 날아간다"(遙吟俯暢, 逸興遄飛)라는 구절에서 나왔다. 왕발은 25세에 이 시를 지었으며 같은 해에 요절했다.

3) 원문은 '一甲一名'. 명청대 과거시험 가운데서 전시(殿試; 과거제도 중 최고의 시험으로 황제가 주관)는 삼갑(三甲)으로 나누어 합격시킨다. 일갑(一甲)은 진사급제를 수여하는데, 장원, 방안(榜眼), 탐화(探花)에 해당하는 세 명을 뽑는다. 일갑의 일등이 '장원'으로, 여기서는 제일이라는 뜻이다.

수감록 53¹⁾

상하이에 있는 성덕단의 점복²⁾은 '성현 맹자'가 제단을 주관하고, 베이징에서는 '사귀'^{邪鬼}라고 하는 서낭신 바이즈^{白知}가 제단에 내려온다. 성덕단에는 언젠가 무슨 진인^{眞人}인가가 강림하여 다른 사람들이 멋대로 점을 쳐서는 안 된다고 훈계했다고 한다.

베이징 의원 왕너³⁾는 '강국강종'^{强國强種}을 위한 신무술 보급을 주장했다. 중화무사회는 천강권, 음절각파⁴⁾를 이끌고 원수 명단을 뿌리며 "조성^{祖性}이 전해 준 국수를 억압하고 포기하"는 사람들이라고 말했다.

루즈사는 '에스페란토'를 주장하고 오로지 '성인 자멘호프'만을 섬기고 다른 종류의 세계어(Ido 등과 같은)는 도용이라고 말했다.⁵⁾

상하이에는 단행본 『포커』⁶⁾와 신문의 증보간행물 『포커』가 있다. 증보간행물 『포커』는 잘못 배달된 단행본 『포커』의 편지를 찢어 버려야 한다는 성명을 내는 광고를 실었다.

상하이에는 많은 '미술가'들이 있다. 그중 한 미술가가 동료들과의 관계를 어떻게 단절했는지 모르겠지만,『포커』에서 미술가들이 "눈이 멀고 마음이 멀어" 새로운 예술, 진짜 예술을 모른다고 욕설을 퍼부었다.[7]

이상 다섯 동종업계의 내홍이 필경 무슨 원인으로 일어났는지는 국외인으로서 알 도리가 없다. 그런데 요즘은 시국이 그리 태평하지 않고 새로운 것이든 낡은 것이든 모두 야단법석을 떨고 있다는 생각이 든다. 점술, 권법과 같은 귀화부鬼畵符는 그렇다고 치자. 그런데 세계어 공부나 그림 그리기와 같은 고아한 일에서도 설마 동종업계에 대한 질투에서 물고기 눈알을 진주로 속인다고 주장하며 번갯불을 내뿜고 있단 말인가?

나는 '미술가'들의 내홍에 대해서 특히 실망했다. 미술에는 완전히 문외한이지만 중국에 신흥미술이 나타나기를 아주 많이 희망하고 있다. 최근 상하이의 미술가들이 그린 것을 미술로 칠 수 있는지 말하기 어렵다. 하지만 그들이 미술가로 자칭하고 있으므로 유치하다고 해도 성장을 희망할 수는 있을 것 같다. 그러므로 나는 그럴싸한 가랑잎나비[8]가 아니라 미술가의 유충이 나오기를 바라고 있다. 최근 그들 쌍방의 성과를 보고는 나는 중국 미술계의 장래에 대해 회의를 품게 되었다.

『포커』의 미술가는 상하이의 미술가들이 눈이 멀고 마음이 멀어 오로지 19세기의 미술을 연구할 뿐 새로운 예술, 진짜 예술의 존재를 알지 못한다고 했다. 나는 상하이의 미술가들의 작품이 박제한 사슴[9]

혹은 기형적 미인으로 확실히 그다지 볼품이 없고 1'8'세기에도 그런 그림은 없었을 것이라고 생각한다. 터놓고 말해서 그런 것들은 중국에서 소위 미술이라고 하는 것이라고 칠 수밖에 없다. 그런데『포커』의 미술가의 비평 또한 심히 이해하기 어렵다. 19세기 미술에 대한 연구가 어째서 눈이 멀고 마음이 먼 행위란 말인가? 19세기 이후의 새로운 예술, 진짜 예술이란 또 어떤 것인가? 나는 이런 말을 들었다. 후기인상파(Postimpressionism)[10] 그림은 지금까지도 아주 진부하다고 생각하지 않는다는 것이다. 그중 Cézanne과 Van Gogh 등과 같은 위대한 인물은 19세기 후반 사람이며 늦게까지 산 사람은 1906년에 사망했다. 지금은 20세기라고 해도 기껏 19년 초이므로 아직 신파의 흥기는 없는 것 같다. 입체파(Cubism),[11] 미래파(Futurism)[12]의 주장은 참신하지만 아직 기초가 확립되지는 않았고, 뿐만 아니라 중국에서는 충분히 이해되고 있는 것 같지도 않다.『포커』에도 이런 유파의 그림이 실린 것을 본 적이 없다.『포커』의 미술가가 말하는 새로운 예술, 진짜 예술이라는 것이 도대체 무엇을 가리키는지 모르겠다. 오늘날 중국의 미술가들이 마음이 멀고 눈이 먼 것은 분명하지만 그것의 병폐는 19세기 미술을 연구한다는 데 있는 것이 아니다. 나는 그들이 결코 어떤 세기의 미술도 연구하고 있지 않다고 생각한다. 그러므로『포커』의 미술가의 말은 정녕 이해하기 어렵다.

『포커』의 미술가는 걸핏하면 새로운 예술, 진짜 예술을 들먹이고 자신은 새로운 예술, 진짜 예술을 이해한다고 생각한다. 그런데 내가 보기에 그가 그린 풍자화의 태반은 새로운 문예, 새로운 사상을 공격하는 것일 뿐이다. 이것이 20세기의 미술인가? 이것이 새로운 예술, 진짜 예술인가?

주)_____

1) 원제는 「五十三」, 1919년 3월 15일 『신청년』 제6권 제3호에 실렸다.

2) 1917년 10월 12일 위샤(兪夏), 루페이쿠이(陸飛達) 등은 상하이에 성덕단(盛德壇)을 만들어 점을 쳤다. 『영학총지』(靈學叢誌) 제1권 제1기에는 이날 "성현과 신선, 부처가 함께 강림했는데" "맹자가 제단을 주관하도록 추천했다"라는 내용이 있다. 제1권 제10기에는 1918년 9월 19일 성덕단에서 재동(梓潼), 관성(關聖), 부우(孚佑)의 세 제군(帝君)이 "함께 모였"는데 각 지방에 점치는 제단이 "많아지고 있"어 "심히 이상하다"라고 말하며 특히 "각 지방에서는 오류를 배워서는 안 된다"라는 가르침을 내렸다고 한다.

   '점복'의 원문은 '扶乩'인데, 두 사람이 정(丁)자 모양의 나무를 들고서 아래로 늘어진 부분으로 모래 위에 글을 쓰고 이를 귀신이 내리는 점사로 간주하는 것이다.

3) 왕너(王訥, 1880~1960). 자는 모쉬안(黙軒), 산둥 안추(安丘) 사람. 산둥성 교육회 회장과 중의원 의원을 역임했다. 그가 제출한 '중화신무술 보급건의안'이 1917년 3월 22일 중의원을 통과했다.

4) 중화무사회(中華武士會)는 톈진(天津), 베이징 등지에 있던 권술(拳術) 조직이다. 천강권(天罡拳), 음절각(陰截脚)은 권법의 종류이다.

5) 루즈사(綠幟社)는 에스페란토(Esperanto)를 전파하는 단체이며, '성인 자멘호프'는 당시 에스페란토 학자들이 자멘호프를 존경하여 부르던 칭호이다. 자멘호프(Lazar Ludwik Zamenhof, 1859~1917)는 폴란드 사람으로 1887년 에스페란토를 만들었으며, 저서로는 『제일독본』(第一獨本, *Unua Libro*), 『에스페란토 기초』(*Fundamento de Esperanto*) 등이 있다. '이도'(Ido)는 프랑스의 루이 쿠튀라(Louis Couturat, 1868~1914), 덴마크의 예스페르센(Otto Jespersen, 1860~1943) 등이 만든 세계어이다.

6) 『상하이포커』(上海潑克)를 가리키는데, 『보천골계화보』(泊塵滑稽畵報)라고도 한다. 선보천이 편집한 만화 간행물이며, 1918년 9월 출간, 같은 해 12월 정간되었다.

7) 『상하이포커』 제4기(1918년 12월)에 게재된 풍자화 「눈 멀고 마음 먼 미술가」(目盲心盲之美術家)에는 다음과 같은 설명이 달려 있다. "최근 상하이에는 미술을 연구하는 사람들이 많아졌다. 그러나 구구하게 토론하는 것들은 모두 19세기 미술이다. 신예술이 눈앞에 있어도 보지 못한다. 아마도 우리 세대가 눈이 멀었기 때문에 즉, 마음이 멀었기 때문일 것이다."

8) 가랑잎나비(枯葉蝶, *Kallima inachus*). 나비의 일종. 색깔이 고목과 유사하고 휴식할 때 두 날개를 접은 모양이 마른 나뭇잎처럼 보인다.

9) 형식만 갖추고 있을 뿐 생명이 없는 것을 가리킨다.

10) 19세기 80년대 유럽에서 형성된 조류. 아카데미즘의 보수적 사상과 표현 수법을 반대하고 작가의 순간적인 '인상'을 표현할 것을 강조하며 빛과 색의 표현효과를 중시했다. 후기인상파는 회화의 목적이 형, 색, 리듬, 공간 등에 대한 탐색에 있다고 보고 사물에 대한 충실한 묘사가 아니라 색채의 배합으로 체적을 표현하고자 했다. 세잔(Paul Cézanne, 1839~1906)과 고흐(Vincent Willem van Gogh, 1853~1890)는 각각 프랑스와 네덜란드 화가로 모두 후기인상파의 대표인물이다.

11) 20세기 초에 프랑스에서 일어났으며 물체의 형태를 다면적으로 표현할 것을 강조, 정육면체·구·원추·삼각형과 같은 기하학적 도형을 예술 조형의 기초로 삼았다.

12) 20세기 초 이탈리아에서 일어난 예술유파. 문화적 유산과 전통을 부정하고 미래를 바라볼 것을 강조하며, 현대의 기계문명, 힘, 속도를 표현했다.

수감록 54[1]

중국 사회의 상태는 정녕 수십 세기를 한꺼번에 축소시켜 놓은 형국이다. 송진 기름에서 전등까지, 외바퀴 수레에서 비행기까지, 표창에서 기관포까지, '법리에 대한 망언' 금지에서 헌법수호에 이르기까지,[2] "고기를 먹고 가죽을 깔고 자던"[3] 식인사상에서 인도주의에 이르기까지, 제사를 지내고 뱀에게 절하던 것에서 미육으로 종교를 대신하기에 이르기까지,[4] 이 모든 것이 뒤죽박죽 존재한다.

많은 사물들이 한곳에 몰려 있는 형국은 마치 우리 세대가 수인 씨燧人氏 이전의 옛사람들과 함께 식당을 연 것과 같다. 애써 잘 조절해도 반쯤 설익을 뿐이고 동료들이 한마음이 되지 못하므로 장사가 잘될 리가 없고 점포는 결국 폐업하고 말 것이다.

황푸 씨가 지은 『유럽전쟁의 교훈과 중국의 장래』[5]의 한 단락은 이를 속속들이 묘사하고 있다.

7년 동안 조야의 배운 선비들은 매번 정교政敎의 개량에 부심하였으나 습속의 변화에 주의하지 않았다. 옛 관습이 바뀌지 않으면 새로운 운동이 일어나지 않음을 어찌 알았겠는가. 사리가 이와 같을진대 억지로 할 수 없는 것이다. 외국 사람들이 우리를 비판하며 중국인들은 선천적 보수성을 가지고 있다고 한다. 설령 시대의 형편에 몰려서 각종 제도가 개혁이 필요한 시점이 되었을 때도 저들이 말하는 개혁이라는 것은 결코 지난날의 제도를 완전히 폐지하는 것이 아니라 옛 제도에다 새로운 제도를 덧붙인 것이다. 전청前淸의 병제兵制 변천사를 살펴보아도 우리의 말이 그르지 않음을 알 수 있다. 처음에는 팔기군⁶⁾을 각지에 주둔시켜 방어하게 하여 수비 임무를 충당하게 했다. 그런데 해가 갈수록 팔기군은 부패가 아주 심해졌다. 홍수전洪秀全이 흥기하니 부득이하여 상湘·화이淮 두 군軍을 모집하여 응급조치했다. 이때부터 팔기군과 녹영⁷⁾이 함께 존재하여 마침내 이중 병제로 바뀌게 되었다. 갑오전쟁 이후 녹영의 병력을 믿을 수 없음을 알게 되어 신식 군대를 다시 편성하고 훈련시켰다. 이에 앞의 두 가지를 합하여 삼중 병제로 바뀌었다. 지금 팔기군은 사라졌지만 얼굴을 바꾼 녹영은 여전히 존재하고 있어서 이중 병제를 취하고 있다. 여기에서 우리나라 사람의 철저하지 못한 개혁 능력은 숨길 수 없는 사실임을 알 수 있다. 양력 새해를 지내는 사람은 또 음력 새해를 지내고, 민국의 역법을 받드는 사람은 여전히 선통宣統 연호를 쓰기도 한다. 사회 각 방면을 살펴보면 대개 가는 곳마다 이중제도를 사용하지 않음이 없다. 즉 오늘날 정국이 편안하지 않은 까닭, 시비가 확정되지 않는 까닭에 대해 간략하게 말하면 실은 '이중사상'二重思想이 그 속에서 농간을 부리고 있기 때문이다.

이외에도 신앙의 자유를 허락하면서도 공자 존경을 특별히 강조하고,[8] '전조前朝의 유로'임을 자처하면서도 민국에서 돈을 인출하고, 혁신해야 한다고 말하면서도 복고를 주장한다. 사방팔방 거의 모두 이중, 삼중, 심지어 다중의 사물들로 둘러싸여 있고 겹겹이 각각 서로 모순된다. 모든 사람들이 이 모순 사이에 존재하며 서로가 원망하며 살아가고 있으니, 누구에게도 좋을 게 없다.

진보를 바란다면, 태평을 바란다면 뿌리로부터 '이중사상'을 뽑아내어야 한다. 세계가 비록 작지 않다고 하지만, 방황하는 인종들은 끝내 자신의 자리를 찾을 수 없기 때문이다.

주)_____

1) 원제는 「五十四」, 1919년 3월 15일 『신청년』 제6권 제3호에 발표했다. 필명은 탕쓰.

2) 신해혁명 이후 위안스카이는 정권을 탈취하자 당시의 혁명당원들은 「중화민국임시약법」을 근거로 '민국의 법리'를 들어 독재를 제약하려고 했다. 그러자 위안스카이는 혁명당원들의 '법리에 대한 망언'(妄談法理)을 금지하고 「임시약법」의 폐지와 국회 해산을 명령했다. 후에 돤치루이도 베이양정부의 국무총리를 역임할 당시 「임시약법」과 국회에 대하여 위안스카이와 같은 조치를 취했다.

'헌법수호'(護法)는 1917년 7월에서 1918년 4월 사이에 쑨중산(孫中山)이 중심이 되어 활동한 「임시약법」 수호와 국회 회복 운동을 가리킨다.

3) 원문은 '食肉寢皮'. 이 말은 『좌전』(左傳) '양공(襄公) 21년'에 나온다. 진(晉)의 주작

(州綽)은 제(齊) 장공(莊公)에게 "그러나 두 사람은 비유컨대 금수와 같습니다. 신은 그들의 고기를 먹고 가죽을 깔고 잔 셈입니다"라고 말했다. 여기서 '두 사람'이란 주작에게 포로로 잡혔던 제나라의 식작(殖綽)과 곽최(郭最)를 가리킨다.

4) 차이위안페이(蔡元培)의 주장이다. 그는 「미육으로 종교를 대신하는 학설」(以美育代宗教說)이라는 글을 『신청년』 제3권 제6호(1917년 8월)에 발표했다.

5) 황푸(黃郛, 1880~1936). 자는 잉바이(膺白), 저장 사오싱(紹興) 사람. 청년 시절 동맹회에 가입하여 신해혁명에 참가했다. 베이양정부의 외교총장, 국무총리대리를 역임하고, 후에 국민당 정부 외교부장, 행정원 주베이핑정무정리위원회 위원장 등을 역임했다. 『유럽전쟁의 교훈과 중국의 장래』(歐戰之敎訓與中國之將來)는 1918년 12월 상하이 중화서국에서 출판했으며 여기에서 인용한 구절은 제3편에 나온다.

6) 팔기군(八旗軍). 청나라의 군사제도. 만주족의 전통 군사제도를 발전시키고 한족(漢族)의 군대를 포함시켜 1642년 8개 깃발군으로 확립되었다. 팔기군 중 상위 3개 깃발군(정황기正黃旗, 양황기鑲黃旗, 정백기正白旗)은 황제의 직속부대이고 나머지 5개의 깃발군은 여러 제후들의 관할이다. 19세기 서양 열강의 침략이 가속화되고 아편전쟁, 태평천국의 난을 거치면서 팔기군의 세력은 약화되고 결국 마지막 황제가 자금성에서 떠날 때 완전히 사라졌다.

7) 녹영(綠營). 청나라 때 한족으로 편성되어 지방에 배치된 무장 병력을 가리킨다. 녹색 깃발이 상징이었으므로 '녹영'이라고 불렀다.

8) 1913년 8월 1일 공교회(孔敎會) 회장 천환장(陳煥章)은 참의원과 중의원에 제출한 「공교를 국교로 정하기를 요청하는 청원서」(請定孔敎爲國敎請願書)에서 다음과 같이 말했다. "환장 등이 안으로 제하(諸夏)의 국정을 조사하고 밖으로 외국의 성문헌법을 조사해 보니 귀원에 청원을 하지 않을 수 없었습니다. 헌법상으로 공교가 국교가 되도록 명시하고 자유를 믿고 가르치기를 허락해 주시기 바랍니다."

56. '온다'[1]

근래에 '과격주의'[2]가 온다는 말을 자주 듣는다. 신문에도 자주 '과격주의가 온다'라는 말이 나온다.

이리하여 몇 푼 가진 사람들은 아주 기분이 나빠졌다. 관원들도 부산스레 화공[3]을 경계하고 러시아 사람들을 조심해야 했다. 경찰청도 소속 기관에 '과격당이 설립한 기관의 유무'를 엄정조사하라는 공무를 내렸다.

부산떨기도 이상하지 않고 엄정조사도 이상하지 않다. 하지만 우선 물어봐야 할 것이 있다. 무엇이 과격주의인가?

이것에 대해 그들의 설명이 없으므로 나도 알 도리가 없다. 비록 잘 모르지만 감히 한마디 하려고 한다. '과격주의'가 올 리도 없고 그것을 두려워할 필요도 없지만, 다만 '온다'가 온다면 마땅히 두려워해야 한다.

우리 중국인은 결코 서양 물건인 무슨 주의에 유혹되지 않는다.

그것을 말살하고 그것을 박멸할 힘이 있다. 군국주의라면? 우리가 언제 다른 사람과 싸워 본 적이 있었던가. 무저항주의라면? 우리는 전쟁을 주장하고 참전한 적이 있다.[4] 자유주의라면? 우리는 사상을 발표하는 것만으로도 범죄가 되고 몇 마디 하는 것으로도 어려움을 당한다. 인도주의라면? 우리는 인신도 매매할 수 있다.

따라서 무슨 주의건 간에 절대로 중국을 교란시키지 못한다. 고대로부터 지금에 이르기까지 교란이 무슨 주의 때문에 일어났다는 말은 듣지 못했다. 목전의 사례를 들어 보자. 산시 학계의 고발,[5] 후난 재해민의 고발[6] 같은 것들은 얼마나 무시무시한가. 벨기에가 공표한 독일군의 잔인한 모습이나 러시아의 다른 당이 발표한 레닌 정부의 잔혹한 모습과 비교해 보면, 이들은 그야말로 태평천하이다. 그런데 독일은 국군주의라고 하고 레닌은 말할 것도 없이 과격주의라고들 하다니![7]

이것은 바로 '온다'가 온다는 것이다. 온 것이 주의이고 주의가 도달했다면 그렇게 해야 할 것이다. 그런데 다만 '온다'라고 한다면 그것은 아직 덜 왔고 다 오지 않았고 올 것이 어떤 것인지도 알 수 없다.

민국이 세워질 무렵, 나는 일찌감치 백기를 든 작은 현에서 살고 있었다. 어느 날 문득 분분히 어지러이 도망치는 수많은 남녀들을 보았다. 성안의 사람들은 시골로 도망가고 시골 사람들은 성안으로 도망쳤다. 그들에게 무슨 일인지 물었더니 "사람들이 곧 온다고 했어요"라고 대답했다.

그들은 모두 우리처럼 다만 '온다'를 무서워하고 있었음을 알 수 있다. 그런데 당시에는 '다수주의'[8]가 있었을 뿐이고 '과격주의'는 없었다.

주)_____

1) 원제는 「五十六"來了"」, 1919년 5월 『신청년』 제6권 제5호에 발표했다. 필명은 탕쓰.

2) 원래 일본에서 볼셰비키를 폄하하기 위해 사용한 번역어인데, 당시 중국인도 이 말을 연용하곤 했다.

3) 화공(華工). 제1차 세계대전 당시 베이양정부는 연합군에 이십여 만 명을 파견했다. 그런데 실제로는 도로 건설과 운송 등의 노동에 종사했으므로 '화공'이라 불렸다. 10월혁명 후 베이양정부는 러시아에서 귀국한 화공들이 혁명사상을 전파하는 것을 방지하기 위하여 내각의 결의를 거쳐서 통전(通電)으로 둥베이(東北), 멍구(蒙古), 신장(新疆) 등지의 국경수비 관리에게 그들을 엄정조사하고 경계할 것을 명령했다.

4) 제1차 세계대전 말기 연합국에 속해 있던 일본은 중국의 참전을 부추겨 이를 기회로 중국에 대한 통제를 가속화하려고 했다. 돤치루이의 베이양정부는 참전을 명분으로 일본의 원조와 지지를 얻고자 하여 1917년 8월 14일 연합국의 대 독일 전쟁에 참가하기로 선언했다.

5) 1919년 3월 산시(陝西) 뤼징(旅京)학생연합회는 군대와 비적을 동원하여 무고한 민중을 학살한 산시군벌 천수판(陳樹藩)의 만행을 고발한 「진겁통어」(秦劫痛語)를 발표했다. 1919년 4월 1일 베이징 『천바오』(晨報)에는 당시 군대와 비적이 사용한 혹형(酷刑)으로 태양 아래 시체 두기, 매달아 죽이기, 고기 팥찌 차기, 인육 삶기 등이 열거되어 있다.

6) 1919년 1월, 후난(湖南)의 백성들이 장징야오(張敬堯)의 폭압적인 통치를 고발한 「샹민혈루」(湘民血淚)를 가리킨다. 1919년 1월 6일 상하이 『스바오』(時報)에는 장징야오 군인들의 간음, 약탈, 무고한 사람에 대한 살인 등의 죄행이 열거되어 있다.

7) 『신청년』에 발표한 글에는 "레닌이 과격주의라는 것은 말할 필요도 없다. 그런데 우리 중국의 잔혹한 강간과 약탈은 도대체 무슨 주의에 근거한 것인가?"라고 되어 있었다.

8) '인구가 많다'는 의미로, '볼셰비키(다수)주의'와는 다른 뜻이다. 「수감록 38」 참고.

57. 현재의 도살자[1]

고아한 사람들은 말한다. "백화는 비루하고 천박하므로 식자들이 아랑곳할 가치조차도 없다."

중국에서 글자를 모르는 사람들은 말할 줄만 알므로 두말할 필요 없이 '비루하고 천박하다'. "스스로가 고문에 능통하지 않기 때문에 백화를 주장하고, 따라서 문장이 졸렬한" 우리 같은 사람들이 바로 '비루하고 천박하다'는 것도 입에 올릴 필요가 없다. 그런데 가장 한심한 것은 일부 고아한 사람들 또한 『경화연』[2]에 나오는 군자국의 술집 심부름꾼처럼 "술 한 병 주문이외다, 두 병 주문이외다, 요리 한 접시 주문이외다, 두 접시 주문이외다"라고 종일토록 고아한 말을 달고 다니지 못한다는 것이다. 고문으로 신음할 때나 고고한 품격을 드러내 보일 뿐, 이야기를 할 때는 마찬가지로 '비루하고 천박한' 백화를 사용한다. 4억 중국인의 입에서 나오는 소리 모두가 '아랑곳할 가치조차도 없'는 지경에 이르렀으니, 정녕 가련하기 짝이 없다.

인간으로 살아가면서 신선이 되고자 하고, 땅에서 태어났으면서 하늘에 오르려 한다. 분명히 현대인이고 현재의 공기를 마시고 있으면서도, 하필이면 썩어 빠진 명교[3]와 사후강직된 언어를 강요하며 현재를 여지없이 모멸한다. 이들은 모두 '현재의 도살자'이다. '현재'를 죽이고 '장래'도 죽인다. 그런데 장래는 후손들의 시대이다.

주)_____

1) 원제는 「五十七 現在的屠殺者」, 1919년 5월 『신청년』 제6권 제5호에 발표했다. 필명은 탕쓰

2) 『경화연』(鏡花緣). 청대 이여진(李汝珍)이 지은 장편소설로 모두 100회이다. 여기에서 인용한 술집 심부름꾼의 말은 제23회에 나온다. 『경화연』에는 '군자국'(君子國)이 아니라 '숙사국'(淑士國)으로 되어 있다.

3) 명교(名敎)는 명분적 규범을 중시하는 '삼강'(三綱), '오상'(五常)과 같은 전통적인 예교를 가리킨다. 남송시대 유의경(劉義慶)은 『세설신어』(世說新語) 「덕행」에서 "천하의 명교에 관한 시비를 나의 임무로 삼고자 한다"라고 하기도 했다.

58. 인심이 옛날과 똑같다[1]

강개격앙된 사람들은 말한다. "세상이 경박하고 인심은 옛날과 다르고 국수國粹가 사라지고 있다. 이에 나는 하늘을 우러러 두 손 잡고 이를 갈며 재삼 탄식하고 있는 바이다!"

이 말을 처음 들었을 때도 나는 아주 깜짝 놀랐다. 그런데 고서를 뒤적이다 우연히 『사기』의 「조세가」[2]에서 주부가 오랑캐 복식으로 바꾸려고 하자 공자 성成이 이를 반대한 일[3]을 기록한 단락을 보게 되었다.

신은 이 나라가 대개 총명하고 지혜로운 사람들이 거주하는 곳이고, 만물과 재용이 모여드는 곳이고, 현인과 성인이 가르치는 곳이고, 인의가 베풀어지는 곳이고, 『시』·『서』와 예악이 사용되는 곳이고, 뛰어난 기량이 시험되는 곳이고, 먼 곳에서 배우러 오는 곳이고, 오랑캐가 모범으로 삼는 곳이라고 들었습니다. 지금 왕께서는 이것을 버리고 먼 곳의 복식을 본뜨고 오래된 가르침을 변화시키고 오래된 도를 바꾸고자 하시고 사람의 마음을 거스르고자 하십니다. 따라서 분노한 학자는 나라를 떠나고 있습니다. 그러므로 신은 왕께서 이것을 헤아려 주시기를 바라옵니다.

이는 오늘날 혁신을 저지하는 사람들의 말과 조금도 다름이 없지 않은가? 나중에 『북사』[4]에 나오는 주나라 정제靜帝 사마후司馬后의 말에 대한 기록도 보았다.

황후의 품성이 질투가 심하여 후궁들이 감히 어전에 나아가지 못했는데, 위지형尉遲逈의 여식이 미색을 갖추고 있었다. 황제가 인수궁仁壽宮에서 그녀를 보고 좋아하여 은총을 받았다. 황후는 황제가 조회를 보는 틈을 타서 그녀를 몰래 죽였다. 황상께서 대로하여 홀로 말을 타고 궁정 뜰을 나와 지름길로 가지 않고 산 계곡 사이로 30여 리 들어갔다. 고경高熲, 양소楊素 등이 쫓아가서 말을 막으면서 간언하자 황제는 크게 탄식하며 "나는 존귀하기가 천자이나 자유가 없구나"라고 했다.

이는 오늘날 함부로 자유를 주장하거나 자유를 반대하는 사람이 내린 자유에 대한 해석과 조금도 다름이 없지 않은가? 다른 예증도 많을 것이나 좁은 견문 탓으로 더 나열할 것은 없다. 그런데 이것만으로도 수많은 세월이 흘렀어도 생각은 변하지 않았음을 알 수 있다. 오늘날의 인심은 그야말로 아주 오래된 것이지 않은가.

중국인이 좀더 예스럽게 되기를 노력한다면, 삼황오제[5] 이전으로 돌아가기를 희망할 수 없는 것도 아니지만 유감스럽게도 그럴 겨를 없이 시시각각 새로운 조류, 새로운 공기와 부딪혀 격동하고 있다.

현존하는 오래된 민족 가운데 중국식의 이상에 가장 부합하기로는 실론 섬의 베다족[6]을 들 수 있다. 그들은 바깥 세계와 전혀 교류하지 않고 다른 민족의 영향을 받지도 않은 채 원시적 상태를 그대로 보존하고 있으므로 소위 '복희 이전 사람'[7]이라고 하기에 정녕 부끄럽지 않다.

그런데 듣건대, 그들의 인구는 해마다 감소하여 이제는 거의 사라질 지경이라고 한다. 이것은 그야말로 십분 애석한 일이다.

주)_____

1) 원제는 「五十八 人心很古」, 1919년 5월 『신청년』 제6권 제5호에 실렸다. 필명은 탕쓰.

2) 『사기』(史記). 한대의 사마천(司馬遷) 지음, 모두 130권. 중국 최초의 기전체(紀傳體) 통사이다. '세가'(世家)는 『사기』 가운데 주로 왕후(王侯)의 사적을 기록한 글을 가리킨다. 「조세가」(趙世家)는 춘추전국 시기 조(趙)나라의 세계(世系)와 역사에 대한 기록이다.

3) 주부(主父)는 전국시대 조나라의 군주 무령왕(武靈王)을 가리킨다. B.C. 307년(조 무령 39)에 무령왕은 군사개혁을 단행하면서 흉노족의 복장을 하고 마상궁술을 배우게 했는데, 이 조치는 공자(公子) 성(成)의 반대에 부딪혔다.

4) 『북사』(北史). 당대 이연수(李延壽) 지음, 100권. 남북조시대 북방에 있었던 위(魏), 제(齊), 주(周), 수(隋)의 역사를 기록한 책. 인용된 것은 수 문제의 황후 독고씨(獨孤氏)

의 일이라고 해야 맞다. 『북사』 권14 「후비열전하」(后妃列傳下)에 나온다.

5) 삼황오제(三皇五帝)는 중국 전설 속 상고시대의 제왕. 서한의 복생(伏生)이 지은 『상서대전』(尙書大傳)에는 수인(燧人), 복희(伏羲), 신농(神農)을 삼황이라고 했으며, 『사기』의 「오제본기」(五帝本紀)에는 황제(黃帝), 전욱(顓頊), 제곡(帝嚳), 당요(唐堯), 우순(虞舜)을 오제라고 했다.

6) 베다족(Vedda). 실론 섬(지금의 스리랑카)에서 가장 오래된 종족. 깊은 산속에서 수렵 생활을 하며 살고, 모계사회의 풍속과 애니머티즘(animatism)을 신봉한다.

7) 진대 도잠(陶潛)이 지은 「아들 엄 등에게 보내는 글」(與子儼等疏)에 "오뉴월 북창 아래 누워 서늘한 바람을 잠시 맞으면서 스스로 복희 이전 사람이라고 일컫는다"라는 말이 있다. 원래의 의미는 '한적한 생활을 누렸다고 전해지는 상고시대 사람들'이라는 뜻이나, 본문에서는 '복희 이전 사람'의 원시상태를 가리킨다.

59. '성무'[1]

나는 지난번에 "어떤 주의도 중국과는 상관없다"는 말을 한 적이 있다. 오늘 문득 또 이런 생각이 들어 다시 쓴다.

우리 중국은 애초부터 새로운 주의가 발생하는 곳이 아니었고 새로운 주의를 용납하는 장소도 없었다고 생각한다. 어쩌다 외래 사상이 조금 들어오더라도 금방 색깔이 변해 버리고, 게다가 많은 논자들은 도리어 이런 점을 들어 자랑스러워한다. 번역본 서문이나 발문, 그리고 외국 사정에 대한 각종 비평문을 유의해 보기만 해도 우리와 다른 나라 사람들의 사상 사이에 분명 여러 겹의 철벽이 가로놓여 있음을 발견할 수 있다. 그들이 가정 문제를 말하고 있음에도 우리는 전쟁을 고취한다고 여기고, 그들이 사회의 결점에 대해 쓰고 있음에도 우리는 우스개를 한다고 말하고, 그들이 좋다고 여기는 것을 우리는 나쁘다고 말한다. 다른 나라의 국민의 성격과 국민문학을 유의해서 보고 또 문인의 평전을 한 권이라도 뒤적여 보면, 다른 나라의 저작 속에 보이는 성정과 작가의 사상은 거의 전부가 중국에 있는 것이 아니라는 사실을 잘 알 수 있다. 따라서 이해하지도 못하고 공감하지도 못하고 감동하지도 못한다. 심지어는 피차간의 시비와 애증마저도 뒤집어 이해하기 십상이다.

새로운 주의를 선전하는 사람이 방화범이라면? 그렇다면 상대에게 정신의 연료가 있어야 불을 붙일 수 있다. 현악 연주자라면? 상대의 마음속에 현이 있어야 소리를 낼 수 있다. 발성기라면? 상대에게도 발성기가 있어야 공명할 수 있다. 중국인은 전혀 그렇지 않으므로 상관이 있을 리가 없다.

몇몇 독자는 화를 내며 이렇게 말할지도 모르겠다. "중국에는 늘 자신의 주의를 위해서 생명을 바친 사람들이 있었고, 중화민국 이후에도 주의로 말미암아 많은 열사들이 죽었다. 당신은 어째서 일필로 말살해 버리는가? 참내!" 이 말도 맞는 말이다. 오래된 외래사상을 가지고 말해 보기로 하자. 육조에는 분신한 스님[2]들이 분명 많이 있었고, 당조에도 팔을 잘라 무뢰한에게 보시한 스님[3]이 있었다. 새로운 외래사상을 가지고 말해 보더라도 물론 몇몇 사람이 있기는 했다. 그러나 중국 역사와는 아무런 상관이 없다는 점에서는 다르지 않다. 역사의 결산이란 수학처럼 세밀하게 많은 소수를 일일이 다 기록할 수 없기 때문에 속인들의 계산법에 따라 사사오입하여 정수整數를 기록할 수밖에 없다.

중국 역사의 정수 속에는 사실 어떤 사상이나 주의도 포함되어 있지 않다. 이 정수는 두 가지 물질로 구성되어 있는데, 바로 칼과 불이며 '온다'가 그것들의 통칭이다.

불이 북쪽에서 오면 남쪽으로 도망치고 칼이 앞에서 오면 뒤로 후퇴한다. 거대한 결산장부가 다만 이 한 가지 양식으로 구성되어 있다는 것이다. '온다'라는 명칭이 장엄하지 않은 것 같고 '칼과 불'도 눈에 거슬린다면, 우리는 다른 멋진 이름을 고안해 낼 수도 있다. '성무'⁴⁾라는 시호를 봉헌하면 좋아 보일 것이다.

옛날 진시황⁵⁾이 아주 호사스럽게 살았는데, 유방과 항우가 그 모습을 보고 유방은 "아! 대장부라면 마땅히 이러해야 한다!"라고 했으며, 항우는 "그에게서 빼앗아 차지할 수 있겠다!"라고 말했다.⁶⁾ 항우는 무엇을 '빼앗'고자 했는가? 바로 유방이 말한 '이러하다'를 빼앗는 것이다. '이러하다'의 정도는 다르더라도 모두가 빼앗고 싶어 한다는 점에서는 일치한다. 빼앗기는 사람은 '그'이고 빼앗는 사람은 '장부'이다. 모든 '그'와 '장부'의 마음은 바로 '성무'의 탄생지이고 수용지이다.

무엇을 가지고 '이러하다'라고 하는가? 이야기하자면 길지만 간단하게 말해 보겠다. 그것은 순수 수성獸性적 측면에서의 욕망의 만족——권위, 자식, 보석과 비단——에 지나지 않는다. 그럼에도 불구하고 모든 대장부, 소장부들이 그것을 최고의 이상(?)으로 간주한다. 나는 요즘 사람들도 이런 이상에 지배되고 있지 않은지 걱정이다.

'이러하게' 된 이후에도 대장부의 욕망은 줄어들지 않지만, 육체는 쇠잔해지기 마련이다. 뿐만 아니라 어느새 죽음이라는 검은 그림자가 가까이 다가온다. 그러므로 하릴없이 신선이 되기를 희구하는 것이다. 중국에서는 이것이야말로 최고의 이상으로 간주된다. 나는 요즘 사람들도 이런 이상에 지배되고 있지 않은지 걱정이다.

신선이 되기를 희구하지만 결국 신선이 되는 것을 보지 못했기 때문에 문득 의혹이 생겨난다. 따라서 무덤을 만들어 시체를 보존하고 자신의 시체로 한 뙈기의 땅이라도 영원히 점유하고자 한다. 중국에서는 이것이야말로 부득이한 최고의 이상으로 간주된다. 나는 요즘 사람들도 이런 이상에 지배되고 있지 않은지 걱정이다.

지금의 외래사상은 어쨌거나 자유평등의 숨결과 상호공존의 숨결을 포함하고 있다. 그런데 오로지 '나'만 존재하고 오로지 '저들에게서 빼앗으려고' 생각하고 오로지 모든 시공간 안의 술을 자기가 죄다 마셔 버리려고 하는 우리들의 사상계에는 정녕 발붙일 여지가 없다.

따라서 '온다'를 막아 내는 것만으로도 충분하다. 다른 나라를 살펴보면 '온다'에 저항하는 사람들은 주의를 가지고 있는 민중들이다. 그들은 자신들이 믿는 주의 때문에 다른 모든 것을 희생하고 뼈와 살로 칼날을 무디게 만들고 피로써 화염을 소멸시킨다. 칼빛과 불빛이 사그라지는 가운데 희미하게 밝아 오는 하늘빛이야말로 바로 신세기의 서광이다.

서광이 머리 위에 있는데도 고개를 들지 않으면 언제까지나 그저 물질의 섬광이나 볼 수 있을 따름이다.

1) 원제는 「五十九 "聖武"」, 1919년 5월 『신청년』 제6권 제5호에 발표했다. 필명은 탕쓰.

2) 양나라(梁朝) 혜교(慧皎)의 『고승전』(高僧傳) 권12 「망신」(忘身) 제6에는 송(宋)의 포판(蒲坂) 석법우(釋法羽)가 "참기름을 마시고 천으로 몸을 감고 「사신품」(舍身品)을 외우기를 마치고 불로 자신을 태웠다"라고 기록되어 있다. 이외에 분신한 스님으로는 혜소(慧紹), 승유(僧瑜), 혜익(慧益), 승경(僧慶), 법광(法光), 담홍(曇弘) 등이 나온다.

3) 당대 도선(道宣)의 『속고승전』(續高僧傳) 권39 「보원전」(普圓傳)에 "악인들이 보원에게 머리를 내놓으라고 하여 잘라서 주려고 했으나 받으려 하지 않았다. 다시 눈을 내놓으라고 하자 도려내어 주려고 했다. 또 손을 내놓으라고 하자 마침내 밧줄로 나무에 팔을 묶고 팔꿈치를 잘라서 그들에게 주었다"라고 했다.

4) '성무'(聖武)는 제왕의 무공을 칭송하여 부르는 말이다. 『상서』(尙書)의 「이훈」(伊訓)에 "오로지 우리 상왕(商王)만이 성스러운 무공을 널리 밝게 비추신다"라는 말이 나온다.

5) 진시황(秦始皇, B.C. 259~210). 성은 영(嬴), 이름은 정(政), 전국시대 진나라의 국군(國君). B.C. 221년 최초로 중국을 통일하여 중앙집권적 봉건국가를 세웠다.

6) 유방(劉邦, B.C. 247~195). 자는 계(季), 페이(沛; 지금의 쑤페이현蘇沛縣) 사람으로 진나라 말기 농민봉기 지도자. 진 2세 원년(B.C. 209)에 병사를 일으켜 진과 초를 멸망시킨 후 서한(西漢) 왕조를 세웠다. 묘호(廟號)는 고조(高祖). 『사기』의 「고조본기」(高祖本紀)에 "고조가 셴양(咸陽)으로 역사를 나갔다가 진 황제를 보고 크게 탄식하며 '아! 대장부라면 마땅히 이러해야 한다!'라고 말했다"라는 기록이 나온다.

항우(項羽, B.C. 232~202). 이름은 적(籍), 샤샹(下相; 지금의 장쑤江蘇 수첸宿遷) 사람. 진나라 말기 농민봉기 지도자. B.C. 202년 유방에게 패했다. 『사기』의 「항우본기」(項羽本紀)에 "진의 시황제가 콰이지(會稽)를 유람하다 저장(浙江)을 건너는 것을 양(梁)과 적(籍)이 함께 보고는 적이 '그에게서 빼앗아 차지할 수 있겠다!'라고 말했다"라는 기록이 나온다.

61. 불만[1]

유럽전쟁이 막 끝날 무렵 중국인들은 많은 희망을 품고 있었다. 이로 말미암아 아직까지도 "세상에는 인도人道가 없다", "인도라는 말은 기만적이다"라며 비관하고 절망하는 소리가 많이 들린다. 일부 평론가들은 스스로를 탓하는 외국 논자들의 문장을 인용하여 소위 문명인이라는 것이 야만인보다 더욱 야만적이라는 것을 증명하기도 한다.

　이것은 정녕 아주 통쾌한 말이지만 다음을 질문해 보아야 한다. "우리의 의견에 따르자면 어떤 것이 인도가 있는 것이라고 할 수 있는가?" 대답을 생각해 보니 아마도 '치외법권 회수,[2] 조계지 회수, 경자년 배상금 환수[3] 등'일 것 같은데, 지금 이 모든 것이 너무 막연한 형편이므로 정녕 인도에 부합하지 않는다는 것이다.

　그런데 다시 다음을 질문해 보아야 한다. "우리 중국의 인도는 어떠한가?" 대답을 생각해 보니 그저 '……'라고 할 수밖에 없다. 인도에 대하여 그저 '……'라고 할 수밖에 없는 사람의 머리 위에 결코 인도가 떨어질 리는 없다. 인도는 각자가 힘껏 쟁취하여 심고 보호하는 것이지 다른 사람이 보시하고 원조하는 것이 아니기 때문이다.

사실 진정한 인도에 가까운 말을 하는 사람은 아직까지 많지 않을뿐더러 말을 했다가는 죄인이 되고 만다. 인도의 껍데기를 논한다 해도 어쨌거나 약간은 진보했다고 할 수 있겠다. 그런데 유럽전쟁은 나쁜 전쟁임에도 불구하고 뜻밖에 '고기를 먹고 껍데기를 깔고 자는' 일도 없었고 '사직[4]을 헐어 버리는' 일도 없었을뿐더러 18개의 작은 나라가 새로 만들어지기도 했다.[5] 독일이 벨기에에 대하여 잔혹하기가 비길 데 없었다고는 하지만 벨기에의 고발을 보면 죄수들에게 음식을 주지 않았다거나 촌장이 매 맞고 욕먹었다거나 평민들을 전선으로 내몰았다는 따위에 지나지 않는다. 이런 일들은 우리 중국에서 우리가 우리에게 늘 해오던 것이므로 그리 이상하다고 할 수 있겠는가?

인류는 아직 완전히 성숙하지 않았으므로 인도도 물론 아직 완전히 성숙하지 않았지만, 여하튼 간에 이 상태에서 발전하고 성숙할 것이다. 만약 우리가 양심을 걸고 우리도 마찬가지로 성숙하고 있다고 느낀다면 아무것도 근심할 필요가 없다. 장래에는 여하튼 간에 같은 길을 가기 마련이기 때문이다. 보시게나. 그들은 군국주의와 싸워 이겼는데도 그들의 평론가는 스스로를 탓하면서 많은 불만을 드러내고 있다. 불만은 향상을 위한 수레바퀴로서 자신에게 만족하지 않는 인류를 싣고서 인도를 향하여 전진한다.

자신에게 만족하지 않는 사람이 많은 종족은 영원히 전진하고 영원히 희망이 있다.

남을 탓할 뿐 반성을 모르는 사람이 많은 종족에게는 재앙이 있을지니, 재앙이 있을지니!

주)_____

1) 원제는 「六十一 不滿」, 1919년 11월 1일 『신청년』 제6권 제6호에 실렸다. 필명은 탕쓰

2) 아편전쟁 이후 제국주의 국가들이 청 정부와 맺은 불평등조약에 근거하여 중국에서 누린 '영사재판권'을 가리킨다. 이에 근거하여 중국에 거주하는 외국인들은 중국 법률의 관할을 받지 않았을 뿐만 아니라 중국에서 범죄를 저지르거나 민사소송의 피고가 되는 경우에도 본국 영사나 본국이 세운 법정에서 그들의 법률에 따른 심판을 받았다.

3) 1900년(청 광서 26, 경자庚子년)에 영국, 미국, 독일, 프랑스, 일본, 러시아 등 팔군연합군이 중국을 침략했으며, 이듬해 1901년(신축辛丑)에 청 정부는 치욕적인 '신축조약'을 강요받았다. 중국은 팔국에 은 4억 5천만 냥(兩)을 연이율 4리(厘)로 39년에 걸쳐 배상해야 한다는 규정이 있었는데, 원금과 이자를 합산하면 총 9억 8천 2백여 만 냥에 해당한다. 이 배상금을 '경자년 배상금'이라고 한다.

4) '사직'(社稷)은 고대 중국에서 제왕이나 제후가 토지신과 곡신에게 제사지내기 위해서 도성에 설립한 사당을 가리키는데, 국가의 정권에 대한 대명사로 사용되었다.

5) 제1차 세계대전 기간과 전후에 다시 만들어지거나 새로 만들어진 나라로는 세르비아-크로아티아-슬로베니아 왕국(1929년에 유고슬라비아로 개칭), 에스토니아, 라트비아, 리투아니아, 체코슬로바키아, 핀란드, 아이슬란드, 오스트리아, 헝가리, 백러시아(현 벨라루스), 우크라이나, 몰다비아, 그루지야, 아제르바이잔, 아르메니아, 히자즈(헤자즈), 원동공화국(극동공화국) 등이 있다. 이 중에는 이후 다른 국가로 편입된 나라도 있다.

62. 분에 겨워 죽다[1]

고래로 분에 겨워 죽은 사람들이 있었다. 그들은 '회재불우',[2] '천도를 어찌 논하랴'[3]라고 하면서 돈 있는 사람은 오입질과 도박을 하고 돈 없는 사람은 술 수십 사발을 들이켜곤 했다. 그들은 불평으로 말미암아 끝내 분에 겨워 죽기도 했다.

우리는 그들 생전에 물어보았어야 했다. 제공諸公들! 당신은 베이징에서 쿤룬崑崙산까지 몇 리나 되는지, 뤄수이[4]에서 황허까지는 몇 장丈이나 되는지 아십니까? 화약은 폭죽으로 만드는 것 말고, 나침판은 풍수를 보는 것 말고 무슨 용도가 있는지요? 면화는 붉은색인가요, 흰색인가요? 벼는 나무에서 자라나요, 풀에서 자라나요? 푸수이 상류의 쌍젠[5]은 상황이 어떻고, 자유연애란 어떤 태도인지요? 당신은 야밤에 문득 부끄럽다고 느끼고, 이른 아침에 불현듯 후회하는지요? 네 근의 봇짐을 당신은 짊어질 수 있는지요? 삼 리 길을 당신은 뛰어갈 수 있는지요?

만약 그들이 곰곰이 생각하고 가만히 후회하기 시작한다면 이것은 희망이 있는 것이다. 만일 더욱 불평을 드러내고 더욱 분노한다면, 이것은 '마음뿐 힘이 없다'라는 뜻으로, 이리하여 그들은 끝내 분에 겨워 죽어 버린다.

요즘 중국에는 마음속으로 불평과 원망을 품고 있는 사람이 아주 많다. 불평은 그나마 개조의 도화선이라고 할 수 있다. 그러나 모름지기 우선 자신부터 개조한 다음 사회를 개조하고 세계를 개조해야 한다. 절대로 불평만으로는 안 된다. 그런데 원망은 거의 아무런 소용이 없다.

원망은 분에 겨워 죽는 싹에 불과하고 옛사람들이 많이 품었던 것이다. 우리는 그들의 전철을 밟아서는 안 된다.

우리는 더더욱 "천하에 공리가 없다, 인도가 없다"는 말을 핑계로 자포자기의 행위를 엄폐하지 말아야 한다. '원망을 품은 사람'이라고 자칭하며 분에 겨워 죽을 것 같은 면상으로는 사실 결코 분에 겨워 죽지도 않는다.

주)_____

1) 원제는 「六十二 恨恨而死」, 1919년 11월 1일 『신청년』 제6권 제6호에 발표했다. 필명은 탕쓰.
2) '회재불우'(懷才不遇)는 재능이 있으되 벼슬을 얻어 재능을 발휘할 기회를 만나지 못한다는 뜻이다.
3) 원문은 '天道寧論'인데, 남조 양(梁)의 강엄(江淹)이 지은 「한부」(恨賦)에 나온다. "평

원을 바라보니 덩굴풀이 해골을 덮고 아름드리나무가 혼백을 거둔다. 인생이 이 지경인데 천도를 어찌 논하랴! 따라서 내 본시 원망을 품은 사람이나 놀라움을 그칠 길이 없다. 옛사람을 생각함에 엎드려 분에 겨워 죽는다."

4) 고대 전적에서는 여러 강을 가리키기도 한다. 『상서』(尚書)의 「우공」(禹貢)에 "뤄수이 (弱水)를 허리(合黎)까지 끌어들여 남은 파도가 사막으로까지 들어갔다"고 했는데, 헤이허(黑河)와 그것의 지류인 어지나허(額濟納河)를 가리킨다. 간쑤성(甘肅省) 서북부와 네이멍구(內蒙古) 서부에 있다. 「수감록 48」 참고.

5) 쌍젠(桑間)은 푸수이(濮水) 상류에 있다. 춘추시대 위(衛)의 땅. 당시 근처에 살던 남녀가 여기에서 자주 모임을 가졌다고 한다. 『한서』(漢書) 「지리지하」(地理志下)에 "위 땅에는 푸수이 상류의 험한 곳에 쌍젠이 있었는데, 남녀가 자주 모임을 가져 아름다운 소리와 자태가 있었다. 따라서 속칭 정과 위의 노래(鄭衛之音)라는 말이 생겼다"라는 기록이 있다.

63. '어린이에게'[1]

「지금 우리는 아버지 노릇을 어떻게 할 것인가」[2]를 쓰고 이틀 뒤, 아리시마 다케오[3]의 『작품집』에서 「어린이에게」라는 소설을 보았는데, 거기에는 좋은 말들이 아주 많이 있었다.

시간은 쉬지 않고 흘러가는구나. 너희들의 아버지인 내가, 그때가 되면 너희들(의 눈)에게 어떻게 비칠까, 상상하기 어렵구나. 아마도 내가 지금 과거 시대를 비웃고 가엾게 여기는 것처럼 너희들도 나의 고로한 마음을 비웃고 가엾게 여길지도 모르겠구나. 나는 너희들을 위하여 이렇게 되기를 바랄 뿐이다. 너희들이 조금도 개의치 않고 나를 밟고 넘어서서 높고도 먼 곳으로 나아가지 않는다면, 그것은 잘못된 것이다.

인간 세상은 아주 적막하다. 나는 그저 이렇게 말이나 할 뿐 대수이겠는가? 너희들과 나는 피를 맛본 짐승처럼 사랑을 해보았다. 가거라. 나의 주위를 적막으로부터 구하고자 한다면 힘써 해보거라. 나는 너희들을 사랑했고 영원히 사랑할 것이다. 결코 너희들로부터 아버지의 보답을 받으려고 말하는 것이 아니다. '나로 하여금 너희들을 사랑하도록 가르쳐 준 너희들'에 대한 나의 요구는 나의 감사를 받으라는 것뿐이다. …… 어버이의 사체를 모조리 먹고 힘을 축적한 새끼 사자와 같이 강건하고도 용감하게 나를 버리고 인생의 길을 걸어가면 된다.

나의 일생은 어쨌든 간에 실패했고 어쨌든 간에 유혹을 이겨 내지 못했다. 그런데 여하튼 간에 너희들로 하여금 나의 발자취에서 불순한 것을 찾아낼 수 없도록 하는 일은 해야겠고, 반드시 할 것이다. 너희들은 내가 넘어져 죽은 장소에서 새로운 발걸음을 크게 내딛어야 한다. 그런데 어디를 가고 어떻게 가는 것인가에 대해서는 너희들은 나의 발자취에서 찾아낼 수 있을 것이다.

어린이들아! 불행하고도 행복했던 너희 부모들의 축복을 가슴에 깊이 받아들여 인생의 여로를 걸어가거라. 앞길은 멀고, 또한 어둡다. 그래도 두려워하지 말거라. 두려워하지 않는 사람의 앞에 비로소 길이 있는 법이다.

가거라! 용맹하게! 어린이들이여!

아리시마 씨는 시라카바파[4]의 일원이고 각성한 사람이었으므로 이러한 말을 남길 수 있었다. 그런데 그 이면에는 피치 못할 미련과 처량함을 띠고 있기도 하다.

이것 역시 시대와 관계가 있다. 장래에는 해방이라는 말이 존재하지 않을뿐더러 해방하려는 마음도 생기지 않을 것이며, 무슨 미련이나 처량함 따위는 더더욱 없을 것이다. 오로지 사랑만이 존재할 것이다. 모든 어린이에 대한 사랑만이.

주)_____

1) 원제는 「六十三 "與幼者"」, 1919년 11월 1일 『신청년』 제6권 제6호에 발표했다. 필명은 탕쓰.

2) 「지금 우리는 아버지 노릇을 어떻게 할 것인가」는 『무덤』에 실려 있다.

3) 아리시마 다케오(有島武郎, 1878~1923). 일본의 소설가. 시라카바파의 일원. 저서로는 『아리시마 다케오 작품집』이 있다. 「어린이에게」(與幼者)는 『작품집』 제7집에 나온다. 루쉰은 중국어로 번역하여 「유소자에게」(與幼小者)라고 제목을 붙여 『현대일본소설집』에 수록했다.

4) 시라카바파(白樺派)는 근대 일본의 문학 유파. 잡지 『시라카바』(白樺, 1910~1923)를 창간하여 얻은 이름이다. 신이상주의와 인도주의를 주장했다.

64. 유무상통[1]

남과 북의 관료는 서로 싸우지만 남과 북의 인민들은 사이가 좋아서
한마음 한뜻으로 자신이 있는 곳에서 '유무상통'한다.

북방사람은 지나치게 문약文弱한 남방사람을 가여워하며 그들에
게 많은 권법과 각법脚法을 가르쳐 준다. 무슨 '팔패권', '태극권'이니,
무슨 '홍가'洪家, '협가'侠家니, 무슨 '음절각'陰截腿, '포장각'抱桩腿, '담각'
譚脚, '착각'戳脚이니, 무슨 '신무술', '구무술'이니, 무슨 '실로 진선진미
를 위한 체육', '강국과 종족보존保种이 죄다 여기에 달려 있다'라는 등.

남방사람은 지나치게 단순한 북방사람을 가여워하며 많은 글을
보내 준다. 무슨 '…몽', '…흔', '…흔痕', '…영影', '…루淚'니, 무슨 '외
사'外史, '취사'趣史, '훼사'穢史, '비사'秘史니, 무슨 '흑막', '현형'現形이니,
무슨 '창녀', '추파', '꼬드김'이니,[2] '아아 그대와 나', '오호 제비와 담
쟁이', '아아 바람과 비', '당신은 체면도 필요 없구려!'[3]라는 등.

즈리, 산둥의 협객들이여, 용사들이여! 그대들은 근육이 많으므

로 신성한 노동을 아주 잘할 것이다. 장쑤, 저장, 후난의 재자들이여, 명사들이여! 그대들은 문재文才가 뛰어나므로 쓸모 있는 새 책들을 아주 잘 번역할 것이다. 우리는 자신을 개량하고 다른 사람들은 온전하게 지켜 주어야 한다. 서로 도우려는 방법을 생각하면 서로 해치는 국면으로 끝장나게 되고 말 것이다!

주)_____

1) 원제는 「六十四 有無相通」, 1919년 11월 1일 『신청년』 제6권 제6호에 발표했다. 필명은 탕쓰. '유무상통'은 있는 것과 없는 것을 서로 융통하여 돕는다는 뜻이다.
2) 루쉰은 '창녀', '추파', '꼬드김'에 해당하는 단어를 과거 상하이 일대에서 사용하던 속어인 '淌牌', '吊膀', '折白'로 쓰고 있다.
3) '당신은 체면도 필요 없구려'의 원문은 '耐阿是勒浪要勿面孔哉'인데, 쑤저우(蘇州) 방언이다. 루쉰은 남방지방의 방언을 사용하여 현실감을 높이고 있다.

65. 폭군의 신민[1)

예전에 청조의 몇 가지 중요한 안건에 대한 기록을 보면서 '군신백관'[2)들이 엄중하게 죄를 심의한 것을 '성상'聖上이 늘 경감해 주고 있어서 어질고 후덕하다는 명성을 얻으려고 이런 수작을 부리는 것이라고 생각했다. 나중에 곰곰이 생각해 보니 다 그런 것은 절대로 아니었다.

폭군 치하의 신민은 대개 폭군보다 더 포악하다. 폭군의 폭정은 종종 폭군 치하에 있는 신민의 욕망을 실컷 채워 주지 못한다.

중국은 거론할 필요도 없을 터이므로 외국의 사례를 들어 보기로 한다. 사소한 사건이라면 Gogol의 희곡 『검찰관』[3)에 대하여 군중들은 모두 그것을 금지했지만 러시아 황제는 공연을 허락했다. 중대한 사건으로는 총독은 예수를 석방하려고 했지만 군중들은 그를 십자가에 못 박을 것을 요구했다.[4)

폭군의 신민은 폭정이 타인의 머리에 떨어지기만을 바란다. 그는 즐겁게 구경하며 '잔혹'을 오락으로 삼고 '타인의 고통'을 감상거리나

위안거리로 삼는다.

자신의 장기는 '운 좋게 피하는 것'뿐이다.

'운 좋게 피한' 사람들 가운데 누군가 다시 희생으로 뽑혀 폭군 치하에 있는 피에 목마른 신민들의 욕망을 채워 주게 되지만, 누가 될지는 아무도 모른다. 죽는 사람은 '아이고' 하고, 산 사람은 즐거워하고 있다.

주)_____

1) 원제는 「六十五 暴君的臣民」, 1919년 11월 1일 『신청년』 제6권 제6호에 발표했다. 필명은 탕쓰.

2) 원문은 '臣工'. 『시경』의 「주송(周頌)·신공(臣工)」에는 "아아 군신백관들이여, 삼가 그대는 맡은 일을 다하라"(嗟嗟臣工, 敬爾在公)라는 말이 나온다.

3) 고골(Николай Гоголь, 1809~1852). 러시아 작가. 농노제도 아래의 정체되고 낙후된 사회생활을 폭로하고 풍자하는 작품을 많이 썼으며, 『검찰관』(Ревизор)은 1834년에서 1836년 사이에 창작되었다.

4) 예수가 예루살렘에서 전도할 당시 제자 유다의 배신으로 대사제와 백성의 원로들은 로마제국의 유대 주재 총독 빌라도에게 예수를 넘겨준다. 빌라도는 예수를 석방시키고자 했으나 대사제와 원로들의 반대에 부딪혔고, 결국 예수는 십자가에 못 박혀 죽었다. 『신약전서』의 「마태오의 복음서」 제27장 참고.

66. 생명의 길[1]

인류의 멸망은 아주 쓸쓸하고 아주 애달픈 일이다. 그런데 몇몇 사람들의 사망은 결코 쓸쓸해하거나 애달파할 일이 아니다.

생명의 길은 진보의 길이다. 언제나 정신이라는 삼각형의 빗변을 따라 무한히 올라간다. 어떤 것도 그것을 저지하지 못한다.

자연이 인간에게 부여한 부조화는 아직도 많고, 인간 스스로 위축되고 타락하고 퇴보한 측면도 여전히 많다. 그러나 생명은 결코 이로 말미암아 고개를 돌리지 않는다. 어떤 암흑으로 사조思潮를 경계한다고 하더라도, 어떤 비참함으로 사회를 습격한다고 하더라도, 어떤 죄악으로 인도人道를 모독한다고 하더라도, 완전함을 갈망하는 인류의 잠재력은 이러한 가시철망을 밟고서 언제나 앞을 향해 나아간다.

생명은 죽음을 무서워하지 않는다. 죽음 앞에서 웃고 춤추며 사망한 인간을 뛰어넘어 앞을 향해 나아간다.

무엇이 길인가? 그것은 바로 길이 없던 곳을 밟아서 생겨난 것이고 가시덤불로 뒤덮인 곳을 개척하여 생겨난 것이다.

예전에도 길이 있었고 앞으로도 영원히 길은 생길 것이다.

인류는 결국 쓸쓸할 수가 없다. 생명은 진보적이고 낙천적이기 때문이다.

어제 나의 벗 L[2]에게 말했다. "누군가 죽으면 사자死者 자신이나 그의 가족들에게는 비참한 일이겠지만, 촌이나 진[3] 사람들이 보기에는 별일도 아니라네. 그렇다면 한 성省, 한 나라, 한 종족을 놓고 보면……."

L은 매우 불쾌해하며 말했다. "이것은 Natur(자연)가 할 말이지 인간이 할 말은 아니지. 자네 좀 조심하게나."

나는 그의 말도 틀리지 않다고 생각했다.

주)_____

1) 원제는 「六十六 生命的路」, 1919년 11월 1일 『신청년』 제6권 제6호에 발표했다. 필명은 탕쓰.

2) 여기와 다음 문장의 'L'은 처음 발표된 당시에는 '루쉰'(魯迅)이라고 되어 있었다.

3) 진(鎭). 중국의 행정구역 단위로서 '촌'(村)보다는 크고 '현'(縣)보다는 작다.

지식이 곧 죄악이다[1]

나는 원래 신중하고 보수적이고 작은 주점에서 잡일이나 도우며 되는 대로 마음 편히 밥이나 먹으면 되는 사람이었다. 불행히도 글자 몇 개를 알게 되고 신문화운동의 영향으로 지식을 추구하고자 하는 염이 생겼다.

시골에서 지낼 당시, 나는 돼지와 양 생각에 아주 불평이 많았다. 비록 힘은 들겠지만 그것들이 소나 말처럼 다른 쓸모가 있었더라면 고기 파는 것을 자랑으로 삼지 않았을 것이라고 생각했다. 그런데 돼지와 양은 멍한 표정으로 평생 바보처럼 지낼 뿐이므로 정녕 현상의 지속 외에는 다른 방법이 없었다. 따라서 생각했다. 정말로, 지식은 긴요한 것이다!

따라서 나는 베이징으로 달려와서 스승을 모시고 지식을 추구했다. 지구는 둥글다. 원소는 70여 종. $x + y = z$. 듣도 보도 못한 것을 배우자니 고생스러웠지만 사람이라면 응당 알아야 한다고 여겼다.

어느 날 신문을 보고 나의 확신은 무너졌다. 신문에는 "지식은 죄악, 장물이다……"[2]라고 하는 허무주의 철학자의 말이 실려 있었다. 허무주의 철학은 아주 권위 있는 학문이지 않은가. 그런데 지식이 죄악이라고 말하고 있었다. 나의 지식은 비록 얄팍하다 해도 지식이 있는 것만은 분명하다. 이것이 도리어 나를 위험에 빠뜨리고 있는 것이다. 따라서 나는 스승에게 가르침을 얻으러 갔다.

스승이 말했다. "퉤, 자네는 게으름을 피우는군. 쓸데없는 소리, 돌아가게!"

나는 생각했다. "선생님께서 선물을 욕심내고 있군. 지식은 정말 없는 것만 못하다는 게 맞아. 내 머릿속에 달라붙은 것을 바로 떨쳐 버리지 못하는 것이 안타깝다. 되도록 빨리 그것을 잊어버리자."

그런데 늦었다. 이날 밤에 내가 죽어 버렸기 때문이다.

깊은 밤 내가 아파트의 침대에 누워 있는데, 홀연 두 녀석이 걸어 들어왔다. 하나는 '활무상'이고 다른 하나는 '사유분'[3]이었다. 그러나 나는 결코 놀라지 않았다. 그들은 서낭당에 조각되어 있는 모양과 똑같았기 때문이다. 그런데 뒤편에 따라 들어오는 괴물 두 마리 때문에 깜짝 놀라 엉겁결에 소리를 질렀다. 소머리, 말머리[4]가 아니라 양머리와 돼지머리였던 것이다! 나는 소와 말이 너무 총명하다는 죄목으로 이런 괴물로 변했다는 생각이 퍼뜩 들었다. 이것으로 지식이 죄악임을 알 수 있었다……. 생각을 미처 다하기도 전에 돼지머리가 주둥이로 나를 들어 올렸다. 이리하여 나는 수레가 다 타 버릴 때까지 한참 기다릴 필요도 없이 바로 저승세계로 거꾸러져 들어갔다.

저승에 가 본 선배 선생들은 저승세계의 대문에는 편액과 대련이 있다고 누차 말했다. 주의 깊게 살펴보았지만 그런 것은 없었고 중앙 홀에 앉아 있는 염라대왕이 보일 뿐이었다. 신기하게도 그는 이웃집에 살던 대부호 주랑朱朗 옹이었다. 아마도 돈은 몸 밖의 물건인지라 저승세계에 들고 올 수 없었기 때문에 죽어서는 청렴한 혼령이 된 듯 싶었다. 그런데 어떻게 해서 고관이 되었는지는 모르겠다. 그는 아주 소박한 애국포[5]로 만든 용포를 입고 있었고 용안은 살아 있을 때보다 더 많은 살이 붙어 있었다.

"너는 지식이 있는가?" 랑 옹은 아무 표정 없는 얼굴로 물었다.

"없어요……." 나는 허무주의 철학자의 말이 생각나 이렇게 대답했다.

"없다고 하는 것은 곧 있다는 것이다. 데리고 나가!"

나는 저승세계의 이치는 정말 이상하군…… 하는 생각을 하던 참에 다시 양의 뿔에 끼여 염라전에서 고꾸라져 나왔다.

그때 나는 어떤 마을에 넘어져 있었다. 그곳에는 모두 푸른 벽돌에 녹색 대문을 한 집들이 있었고, 대문 꼭대기에는 대개 시멘트로 만든 소위 사자라는 것이 두 마리 있었고, 대문 바깥에는 간판이 걸려 있었다. 인간 세상이라면 기관 건물마다 대여섯 개의 간판이 걸려 있겠지만 여기에는 하나밖에 없는 것으로 보아 부지가 넉넉하다는 것을 알 수 있었다. 순식간에 나는 다시 손에 작살을 든 돼지머리 야차의 코에 밀려 어떤 집으로 내던져졌다. 바깥에는 현판이 걸려 있었다.

"기름콩에 미끄러져 넘어지는 작은 지옥."

안으로 들어가자 일망무제의 평지에 동유桐油로 범벅이 된 콩이 가득 했다. 셀 수 없이 많은 사람들이 그 위에서 넘어졌다 일어서고, 일어섰다 넘어지기를 반복하고 있는 모습이 보일 따름이었다. 나도 연달아 열두어 번 넘어지고 머리에 많은 혹이 생겼다. 그런데 어찌된 영문인지 문 앞에서 일어날 생각은 하지 않고, 앉았다 누웠다 하고 기름에 흠뻑 젖어 있었지만 혹은 하나도 없는 사람들이 있었다. 나는 안타까워하며 물어보았지만 그들은 눈을 뚱그렇게 뜰 뿐 아무런 말도 하지 않았다. 그들이 못 들었는지 아니면 못 이해했는지, 말하기 싫은지 아니면 할 말이 없는지 알 수가 없었다.

그래서 나는 넘어지며 앞으로 나아가 마침 고꾸라지고 있던 사람들에게 물었다. 그중 하나가 말했다.

"이것은 바로 지식을 벌하는 것이라오. 지식은 죄악이고, 장물이기 …… 때문이오. 우리는 그래도 가벼운 벌을 받고 있는 편이라오. 자네는 인간 세상에 있을 때 왜 좀 어리석게 살지 않았소?……" 그는 헐떡거리며 끊었다 이었다 하며 말했다.

"이제부터 어리석게 살면 되겠네요."

"늦었소이다."

"나는 서양 의사들이 잠에 빠져들게 하는 약을 가지고 있다는 말을 들었어요. 그들에게 주사를 놓아 달라고 하면 괜찮을까요?"

"안 되오. 내가 바로 의약을 안다는 이유로 여기에서 고꾸라지고 있다오. 주사도 안 되오."

"그렇다면…… 모르핀 주사를 자주 맞는 사람은 듣자 하니 대부분 지식이 없는 사람이라고 하던데……그 사람들을 찾으러 가 봐야 겠어요."

이런 대화를 나누는 사이에 우리는 수백 번 미끄러져 넘어졌다. 나는 실망하는 순간 조심성을 잃어버려 홀연 콩이 드문드문 떨어져 있는 바닥에 머리를 찧고 말았다. 바닥은 아주 딱딱했고 너무 세게 고 꾸라져서 나는 어리바리 멍청해졌다…….

아! 자유다! 나는 홀연 평야 위에 있었다. 뒤쪽으로는 그 마을이 있었고 앞쪽으로는 아파트였다. 나는 여전히 어리바리하게 걸어가며 아내와 아이가 벌써 상경해서 내 시체를 둘러싸고 울고 있겠지, 라고 생각했다. 그래서 나는 나의 껍데기를 향해 돌진해 들어가 똑바로 앉 아 일어났다. 그들은 깜짝 놀랐다. 나중에 열심히 설명했더니 그들이 그제서야 알아듣고는 큰소리로 외치며 기뻐했다. "당신 이 세상으로 돌아왔군요, 아이고, 하느님……."

나는 이렇게 어리바리 생각하던 도중 홀연 살아 돌아왔다…….

아내와 아이는 곁에 없었고 책상에 등불 하나가 있을 뿐이었다. 나는 내가 아파트에서 잠이 들었던 것이라고 생각했다. 옆방에 있는 한 학생이 극장에서 돌아와 "선제 어르신, 아아, 아아, 아아"[6]라고 흥 얼거리고 있는 것으로 보아 시간이 이미 늦었음을 알 수 있었다.

이 세상으로 너무 조용하게 돌아와서인지 그야말로 이 세상으로 돌아온 것 같지 않았다. 나는 생각했다. 설마 좀 전에도 죽지 않았던 것은 아니겠지?

만약 죽지 않았다면, 그렇다면, 주랑 옹도 염라왕 노릇을 한 적이 없다는 말이다.

이 문제를 해결하기 위해 지식을 사용한다면 필경 죄악이 될 수도 있으므로 아무래도 감정으로 한번 풀어 보아야겠다.

10월 23일

주)_____

1) 원제는 「智識卽罪惡」, 1921년 10월 23일 『천바오 부간』(晨報副刊)의 '우스개'(開心話) 란에 실렸다. 필명은 펑성(風聲).

2) 주첸즈(朱謙之)가 주장한 허무주의 철학. 그는 1921년 5월 19일 『징바오』(京報) 부간 『청년의 벗』(青年之友)에 발표한 「교육에서의 반지식주의―광타오 선생의 학문론에 관해 보내는 글」(敎育上的反智主義―與光燾先生論學書)에서 이렇게 말했다. "지식은 장물이다. 지식은 계량화할 수 있고 귀속되는 성질이 있다. 따라서 지식은 누군가에 의해 점유될 수 있고 흘러들어 왔다가 흘러 나갈 수 있다. 나의 친구 취추바이(瞿秋白) 선생이 '지식을 소유물로 간주하면 도둑이 공공연하게 혹은 암암리에 빼앗는 행위이고 남에게 침입하는 권리이다. 나는 지식은 장물이라고 말할 수 있다'라고 했는데, 맞는 말이다. 다시 말하면 지식 그 자체의 이치로 보면 그저 장물에 불과하므로 나는 지식을 반대하고 지식 그 자체를 반대한다. 지식사제제를 폐지하는 방법은 오로지 그야말로 지식을 없애는 것뿐이다. 지식은 장물이므로 지식의 소유자는 어떤 형식이든 간에 모두 도둑에 지나지 않는다." "지식은 죄악이다. 지식이 한 걸음 발달하면 죄악도 그에 따라 한 걸음 전진한다. 지식은 순박한 진정에 반하는 것이므로 지식을 가지게 되면 순박함이 사라지고 천하는 크게 혼란에 빠지게 된다. 무슨 도덕이야! 정치야! 제도문물이야! 하는, 인간이 만든 반(反)자연의 올가미 가운데 어느 하나라도 지식에서 나오지 않은 것이 있는가. 여기에서 지식이 죄악의 원인, 대란의 근원임을 알 수 있다." 주첸즈는 푸젠 민허우 사람으로 당시 베이징대학 철학과 학생이었다.

3) '활무상'(活無常)과 '사유분'(死有分)은 지옥에서 혼을 빼는 사자(使者)로 알려진 전설 속 인물이다.

4) 소머리(牛頭), 말머리(馬頭). 모두 불교 전설에 나오는 지옥의 옥졸.

5) 1920, 30년대 제국주의 국가에서 수입한 포목의 소비를 줄이기 위해 중국산 포목을 '애국포'(愛國布)라고 부르며 이를 사용할 것을 주장하는 운동이 있었다.

6) 전통 경극 「공성계」(空城計)에서 제갈량(諸葛亮)의 창사(唱詞)에 "선제(先帝) 어르신 께서는 난양(南陽)으로 내려가 어가를 타고 가서 세 번을 청하셨다"라는 구절이 나온 다. '선제'는 유비(劉備)를 가리킨다.

사실이 웅변을 이긴다[1]

서양의 철인哲人은 말했다. "사실이 웅변을 이긴다." 나는 처음에는 아주 그럴듯하다고 여겼으나 이제는 우리 중국에서는 적용되지 않는다는 것을 알게 되었다.

작년 칭윈거靑雲閣의 한 점포에서 구입한 신발이 올해 다 해져서 같은 것으로 사려고 같은 점포에 갔다.

뚱보 점원이 신발을 가져왔는데, 신발 끝이 뾰족하고 얇았다.

나는 헌 신발과 새 신발을 함께 계산대에 늘어놓고 말했다.

"이건 다른 것이네……."

"같아요, 틀림없어요."

"여기……."

"같아요. 선생님, 잘 보시라고요!"

이리하여 나는 끝이 뾰족한 신발을 사서 나왔다.

나는 이참에 우리 중국의 모某 애국 대가에게 삼가 아뢸 말씀이 있다. 당신은 자국의 결점에 대한 공격은 다른 나라 사람이 뱉은 침을 모아 따라하는 것이며 중국에 시험할 때는 우리라는 두 글자를 덧붙여 그것이 통하는지를 보라고 말했다.

지금 나는 삼가 덧붙였고, 보았고, 그런데 통했다.

선생님, 잘 보시라고요!

11월 4일

주)_____

1) 원제는 「事實勝於雄辯」, 1921년 11월 4일 『천바오 부간』에 실렸다. 필명은 펑성.

『쉐헝』에 관한 어림짐작[1]

2월 4일자 『천바오 부간』[2]에 실린 스펀 선생의 잡감[3]을 보고는 이렇게나 물정을 모르고 『쉐헝』[4]의 제공諸公들과 학리를 논하는 고지식한 선생이 세상에 존재한다는 사실에 깜짝 놀랐다. 무릇 소위 『쉐헝』이라는 것은 내가 보기에 '취보지문'[5] 부근에 모아 놓은 일부 가짜 골동품에서 발하는 거짓 빛발에 불과하다. 자칭 '저울'[6]이라고는 하지만 아직 자신의 눈금도 정하지 않은 처지인데 하물며 그것이 저울질한 무게의 시비를 어찌 논하겠는가? 따라서 눈금에 맞출 필요도 없이 어림짐작만으로도 알 수 있다.

「변언」弁言[7]에서 "주역의글은반드시아음雅音을추종함으로써문을높인다"[8]라고 했는데, '주역'이 이러하다면 술작이 어떠해야 하는지 잘 알 수 있다.[9] 무릇 문文이라는 것은 '도를 실을'載道 수 없으면, '사상을 표현'達意해야 한다. 그런데 불행히도 제공들은 국학을 장황하게 말하고 있지만 문체가 순통하지 않아 본인들도 무슨 말을 하고 있는지 모른다. 그런데 어찌하여 남들을 '저울질'하겠는가? 이것이 정녕 커다란 결함이다. 제공들이 어떻게 말하고 있는지를 살펴보기로 하자.

「변언」에서 가로되, "잡지의범례는'변'卞으로써선언한다"라고 했다. 생각건대 선언은 포고이고, 변이라는 것은 주나라 사람들이 머리에 쓰던 수박 모양 모자이므로 분명히 머리 위의 물건이다. 따라서 '변언'은 바로 서언으로 '잡지의범례'의 선언과는 다름에도 불구하고 한꺼번에 말하고 있으므로 너무 허황하다. 「신문화제창자를평함」이란 글에서는 "혹자는붓을잡고기다린다. 신서가출판되면. 반드시서언을써줌으로써. 후진을영도하는본인의책임을다한다. 고정림은가로되 사람의우환은남을위해서언을쓰기를좋아하는데있다[10]라고했다. 이 말은이들을일러말하는것인가. 고로저들에게학문의표준과양지良知를 말하는것은. 장사꾼에게도덕을말하고. 창기에게정조를말하는것과같 다"라고 했다. 알고 보니 서언을 써주고 '후진을영도하는본인의책임 을다하'는 일이 이렇게 대죄를 짓는 일이었던 것이다. 그런데 제공들 은 어찌하여 '돌연모자卞를쓰'[11]고 '언言'하기 시작했는가? 앞의 글에 비추어 추론해 보니 나의 질문이야말로 바로 '장사꾼에게도덕을말하 고. 창기에게정조를말하'고 있는 격이다.

「중국의사회주의제창에대한의견」에서는 "무릇이상에관한학설 의발생은. 모두역사적인배경을가지고있다. 결코공중누각의허구가아 니다. 유토지피아를만드는것. 이것은무병지신음無病之呻하는것이다" 라고 말했다. '잉글지리'의 모어[12]를 찾아보니 그는 결코 Pia of Uto

라고 쓰지 않았다. '지호자야'[13]식으로 쓰고 있지만 욕심일 뿐 서툴기만 하다. 다른 고전을 찾아보는 것도 어려운 일이 아니었을 것을 하필이면 가운데 지之를 삽입했는지? 옛날에도 '두스지퉈'賭史之陀라는 말은 없었고 요즘에도 '닝구지타'寧古之塔라고 하지는 않는다. 이처럼 어휘가 기이하므로 진실로 이른바 '유병지신음'有病之呻이라 할 만하다.

「국학척담」에서는 "삼황三皇이라고하더라도광활하고끝이없다. 오제五帝진신搢紳선생은그것을말하기어려워했도다"라고 했다. 사람이 '광활'할 수 있다는 것도 이상한 이야기일뿐더러 두번째 구절은 더욱 이해하기 힘들다. 삼황의 일을 오제와 진신 선생 모두가 말하기 어려워했다는 것인지, 아니면 오제의 일을 진신 선생도 이야기하기 어려워했다는 것인지 알 수가 없다. 사리에 따르자면 응당 후자여야 할 것이다. 그런데 태사공이 말한 "진신선생이그것을말하기어려워했도다"[14]라는 것은 '제자백가들이 황제黃帝에 대해 말하는 것'을 가리키는 것이지 결코 오제를 가리키는 것이 아니었다. 따라서 『사기』를 펼쳐 보면 버젓이 「오제본기」가 있고, 또한 언제 '그것을말하기어려워했도다'라고 했는가? 설마 태사공이 한나라 조정에서 하등사회에 속하는 사람으로 치부해야 한다는 말인가?

「바이루둥의호랑이이야기」에서는 "여러어르신들은말힘이좋을수있다. 호랑이를칭하는이야기를많이말한다. 물어서삼키는형상을묘사하면, 듣는사람들중낯빛이변하지않는사람은드물다. 물러나기억하는것은농담을한종류이다"라고 했다. '할수있다', '힘이좋다', '말하다', '칭하다'라는 말은 옥상옥의 쓸데없는 반복이고, '물어서삼키는형상'

은 끝내 기억에 남지 않는다고 한 것에 대해서는 거론하지 않기로 한다. 그런데 '낯빛이변하'게 한 것은 오로지 '농담을한' 것이라는 말 또한 사실과 아주 거리가 멀다고 할 수 있다. 그저 '농담을한' 것이라면 듣고 낯빛이 변한 사람은 그야말로 멍청이가 되고 말기 때문이다. 이 글에서는 또 "창귀倀鬼라는것. 새귀신이면서호랑이의이빨을기름지게 한다"라고 운운했다. 귀신이 되자마자 '호랑이의이빨을기름지게' 했으니 정녕 가련하다. 그렇다면 호랑이는 사람을 먹을 뿐만 아니라 귀신도 먹는다는 것이다. 이것은 고래로 알지 못했던 새로운 발견이다.

「어장인행」의 서두에서는 "초왕은무도하여오사伍奢를죽였다. 전복된둥지아래성한집이없었다"라고 했다. '성한집이없었다'라는 말은 '성한알이없었다'라는 말보다 신기하기는 하지만 실로 어폐가 있다고 하지 않을 수 없다. '집'이 새 둥지를 두고 한 말이라면 중복이고 '아래'라고 한 말은 갈피를 잡을 수가 없다. 인가를 두고 한 말이라면 떨어진 새 둥지가 지나치게 무거웠다는 것이다. 대붕大鵬과 금시조金翅鳥(『설악전전』說岳全傳에 나온다) 말고는 저들의 집을 무너뜨릴 수 있을 만큼 큰 새 둥지라는 것은 존재하지 않는다. 압운 때문에 부득불 그렇게 쓴 것이라고 한다면, 나는 감히 그것은 '괘각운'[15]이라고 말하겠다. 압운이 문제라면 『시운합벽』의 「육마」[16]편을 펼쳐서 '성한뱀이없었다', '성한오이가없었다', '성한작살이없었다'라고 썼더라면 어느 것이라도 괜찮았을 것이다.

그리고 「저장식물채집유기」라는 글은 제목도 말이 안 된다. 채집이라는 것은 임무가 있는 것으로 결코 만유漫遊가 아니다. 따라서 옛

사람들이 글을 쓸 때는 임무와 유람을 나란히 거론하지 않고 지방과 유람을 서로 연관 지었던 것이다. 쾅루와 어메이[17]는 산이므로 기유紀游라고 했고, 유황 캐기나 비석 조사는 임무이므로 일기日記라고 했던 것이다. 채집하면서 유람을 겸했다고 하더라도 주요한 일을 기준으로 말해야지 나란히 열거하는 것은 '고풍'스럽지 않다. 예를 들어 이 글에서 먹고 자는 일도 말했다고 해서 제목을 「저장식물채집침식유기」라고 할 수는 없는 것이다.

이상은 걸리는 대로 뽑아낸 것들이다. 사소한 것까지 거론하자면 붓을 낭비하고 먹을 낭비하고 시간을 낭비하고 힘을 더 낭비해야 하지만 그럴 가치가 없으므로 그만하기로 한다. 따라서 제공의 문리文理는 바로잡아 줄 필요조차도 없다. 문맥도 통하지 않는데 이치가 어찌 타당하겠는가. 궁벽한 시골에 사는 중학생의 성적도 이런 지경은 아닐 것이다.

요컨대 제공들은 신문화를 배격하고 구학문을 과시하고 있는데, 자기모순에 빠지지만 않아도 한 가지 주장은 될 수 있었을 것이다. 아쉽게도 구학문에도 요령이 없고 주장도 맞아떨어지지 않는다. 문장도 제대로 못 쓰는 사람이 국수의 지기知己라면 국수란 더더욱 처참하다! 한바탕 '저울질'한 결과 기껏 자신의 무게를 '저울질'해 냈을 뿐이다. 신문화운동에 상처를 입히지도 못했고 국수와도 너무 거리가 멀다.

내가 제공들을 존경하는 유일한 이유는 이런 글들도 뻔뻔스럽게 발표할 수 있는 용기 때문이다.

주)_____

1) 원제는 「估『學衡』」, 1922년 2월 9일 『천바오 부간』에 발표했다. 필명은 펑성.

2) 『천바오』(晨報)는 량치차오(梁啓超), 탕화룽(湯化龍) 등이 조직한 정치단체인 연구계
   (研究系)의 기관지. 1916년 8월 15일 베이징에서 창간했으며, 원래 이름은 『천중바
   오』(晨鐘報)였으나 1918년 12월에 『천바오』로 개명했다. 『천바오』의 제7면에 학술논
   문과 문예작품을 게재했고, 1921년 10월 12일부터는 『천바오 부전』(晨報副鐫)이라
   는 이름으로 단독으로 발간했다. 『천바오』는 정치적으로 베이양정부를 옹호했으나,
   부간은 진보적인 인물의 추동 아래 한동안 신문화운동에 찬성하기도 했다. 1921년
   가을부터 1924년 겨울 약 3년 동안 쑨푸위안(孫伏園)이 편집했고, 루쉰도 자주 기고
   했다.

3) 1922년 2월 4일 『천바오 부간』 제3면 '잡감'란에 실린 스펀(式芬; 저우쭤런周作人)의
   「『상시집을 평함』의 오류」(「評嘗試集」匡謬)를 가리킨다. 이 글은 후셴쑤(胡先驌)의
   「상시집을 평함」(評嘗試集)에 나오는 네 가지 논점을 열거하고 이에 대해 비판을 가
   하고 있다.

4) 『쉐헝』(學衡)은 1922년 1월 난징에서 창간된 월간지로 주편은 우미(吳宓), 주요 기고
   자는 메이광디(梅光迪), 후셴쑤 등이었다. 1926년 12월 제60기를 출간한 다음 격월
   간으로 바꾸고 간헐적으로 출판되다가 1933년 7월에 79기를 끝으로 정간되었다. 이
   잡지는 "국수(國粹)를 발전시키고 새로운 지식을 융화한다. 중정(中正)의 눈으로 비
   평의 임무를 수행한다"(『쉐헝』지 요람에 보임)라고 하며, 전통문화를 존중하고 신문
   화운동을 비난했다. 여기에 게재된 문장은 모두 문언문이다.

5) 취보지문(聚寶之門). '취보문'은 난징의 성문 중 하나. '쉐헝파'의 주요 성원이 대부분
   난징의 둥난(東南)대학에서 학생들을 가르치고 있었으므로 "'취보의 문' 부근에 모
   아 놓은"이라고 한 것이다. '취보지문'은 루쉰이 고의로 쉐헝파의 '유토지피아'(烏托
   之邦), '무병지신음'(無病之呻) 등의 고문 문체를 풍자하기 위하여 모방한 것이다. 이
   어진 문장의 '잉글지리'(英吉之利), '두스지퉈'(睹史之陀; 두스퉈는 산스크리트어로 '지
   족'知足이라는 뜻이다), '닝구지타'(寧古之塔; 닝구타는 둥베이의 지명), '유병지신음'(有
   病之呻)도 마찬가지이다. 주석 13번 참조.

6) 원문은 '衡'. '쉐헝'(學衡)은 글자 그대로 해석하면 '저울을 배운다'라는 뜻이다.

7) '변언'(弁言)과 아래에 언급되고 있는 「신문화제창자를평함」(評提倡新文化者; 메이
   광디 씀), 「중국의사회주의주장에대한의견」(中國提倡社會主義之商榷; 샤오춘진蕭純錦

씀), 「국학척담」(國學摭譚 ; 마청쿤馬承堃 씀), 「바이루둥의호랑이이야기」(記白鹿洞談虎), 「어장인행」(漁丈人行 ; 샤오쭈핑邵祖平 씀) 등은 모두 1922년 1월『쉐헝』잡지 제1기에 실렸다. 「저장식물채집유기」(浙江采集植物游記 ; 후셴쑤 씀)는 1922년의『쉐헝』잡지에 단속적으로 연재되었다.

8) 『쉐헝』의 동인들은 백화를 반대하고 고문의 부흥을 도모하고자 했으므로 근대적 문장부호를 따르지 않았다. 루쉰은 소위 '국학'을 주장하는 사람들이 주장하는 문언문의 폐해를 분명하게 드러내기 위해『쉐헝』의 글을 인용하면서 구식 표점부호를 사용한 원문을 그대로 옮겨 적었다. 따라서 이하『쉐헝』의 글에 대한 인용문은 현대적 표기법을 따르지 않았음을 밝혀 둔다.

9) '주역의 글'(繇繇之作)은 읽고서 문장의 맥락을 이해할 수 있는 글을 뜻한다. '술작'(述作)에서 '술'(述)은 고대 성현의 문장을 해석하는 데 중점을 둔 문장을 말하고 '작'(作)은 창작에 중점을 둔 문장을 말한다. 『논어』의 「술이」(述而)에 "공자가 가로되, 기술할 따름이지 창작하지 않으며(述而不作) 옛것을 믿고 좋아한다. 은근히 나를 노팽(老彭)에 비유한다"라는 말이 나온다.

10) 고정림(顧亭林)은 고염무(顧炎武, 1613~1682)를 가리킨다. 자는 녕인(寧人), 호가 정림. 장쑤(江蘇) 쿤산(昆山) 사람, 명말청초의 학자이자 사상가이다. 인용한 말은 그의 저서인『일지록』(日知錄) 권19 「서불당양서」(書不當兩序)에 나온다.

11) 『시경』의 「제풍」(齊風)·「보전」(甫田)에 "거의 보지 못했더니 돌연 모자를 썼네"(未幾見兮, 突而弁兮)라는 말이 나온다.

12) 토머스 모어(Thomas More, 1478~1535). 영국의 사상가, 공상 사회주의의 창시자 중 한 명. 그의『유토피아』(*Utopia*, 1516)의 원래 제목은『이상적 국가제도와 유토피아 섬에 대한 유익하고도 재미있는 귀중한 책』(*Libellus vere aureus, nec minus salutaris quam festivus, de optimo rei publicae statu deque nova insula Utopia*)이다.

13) 문언문에서는 지(之), 호(乎), 자(者), 야(也)와 같은 의미를 가지지 않는 허사를 자주 사용한다. 따라서 '지호자야'라는 말은 문언문의 문체를 풍자할 때 자주 사용된다.

14) 태사공(太史公)은 사마천(司馬遷, B.C. 145년 전후~86년 전후)이다. 자는 자장(子長), 샤양(夏陽 ; 지금의 산시陝西 한청韓城 남쪽) 사람. 한대의 사학자이자 문학가. 태사령(太史令)을 지냈다. 그가 지은『사기』의 「오제본기」(五帝本紀)에는 오제의 사적에 관한 일들을 서술한 다음 "학자들은 대부분 오제를 숭상한다고 말한다. 그런데『상서』

에 요의 사적이 실린 이래로 백가들은 황제를 말하는 문장이 고아하고 순통하지 않아서 천신(薦紳) 선생들이 그것을 말하기 어려워했다"라고 했다. '천신'은 곧 '진신'(搢紳)이다. 『사기』의 「봉선서」(封禪書)에 대한 배인(裴駰)의 『집해』(集解)에는 이기(李奇)의 주석을 인용하여 "진(搢)은 삽(揷)이다. 홀(笏)을 신(紳)에 끼운다는 것이다. 신은 예복의 허리띠이다"라고 했다. 후에 '진신'은 관리의 대명사가 되었다.

15) 중국의 구체시에서 구절의 마지막에 하는 압운을 '운각'(韻脚)이라고 하는데, 시의 의미를 생각하지 않고 다만 압운을 위해서 같은 운자로 억지로 끼워 맞추는 것을 '괘각운'(掛脚韻)이라고 한다.

16) 『시운합벽』(詩韻合璧). 청대 탕문로(湯文潞)가 편찬한 운서(전 5권)로서 시 창작을 하는 사람들이 운을 찾아보던 책이다.

'육마'(六麻)는 구체시의 운에서 '하평성'(下平聲)의 여섯번째 운목(韻目). 이어지는 문장의 '뱀'(蛇), '오이'(瓜), '작살'(叉)은 모두 이 운목에 속한다.

17) 쾅루(匡廬)는 장시(江西) 루산(廬山)의 별칭. 남송의 승려 혜원(慧遠)의 『루산기략』(廬山記略)에는 주나라 때 광유(匡裕)가 신선으로부터 도를 배웠으며, 루산을 유람하던 당시 여기에서 집을 짓고 수련했다고 하며 "당시 사람들은 그가 머물던 곳을 일러 신선의 오두막(廬)이라고 했으며 이로써 유명한 산이 되었다"는 기록이 있다. 어메이산(峨眉山)은 중국 불교의 명산 중 하나로 쓰촨(四川)에 있다.

'러시아 가극단'을 위하여[1]

나는 러시아 가극단[2]이 왜 자신들의 고향을 떠나 이토록 아름다운 예술을 중국으로 가져와 찻값 몇 푼을 벌려고 하는지 모르겠다. 사실 그 까닭을 아는 셈이지만 짐짓 모른다고 말하려 한다. 당신들은 아무래도 돌아가는 게 낫겠습니다!

내가 제일무대第一舞臺에서 러시아 가극을 본 날은 4일 밤, 공연 이튿날이었다.

문에 들어서자마자 이상한 기분이 들었다. 중앙에 30여 명, 좌우에 많은 군인들, 이층의 4, 5등석에도 300여 명의 관객이 있었다.

베이징을 처음 방문한 사람이 얼마 지나지 않아 말했다. "나는 마치 사막에 사는 것 같아요."[3]

그렇다. 사막이 여기에 있다.

꽃이 없고, 시가 없고, 등불이 없고, 열기가 없다. 예술이 없을 뿐만 아니라 취미가 없고 심지어는 호기심도 없다.

무거운 사……

나는 얼마나 심약한 사람인가? 순간 나는 생각했다. 만약 내가 가수라면 나의 목소리는 움츠러들 것이다.

사막이 여기에 있다.

그럼에도 불구하고 그들은 춤추고 노래했다. 아름답고도 진실하게, 그리고 용맹스럽게.

움직이고 노래하며 말한다……

군인들이 박수 쳤다, 키스를 할 때. 군인들은 또 박수를 쳤다, 다시 키스를 할 때.

군인이 아닌 사람들 중에서도 몇몇이 박수를 쳤다, 역시 키스를 할 때. 가장 크게 울리는 소리는 군인들의 박수보다 더 셌다.

나는 얼마나 편협한 사람인가? 순간 생각했다. 만약 내가 가수라면 나는 나의 하프를 거두어들이고 나의 노래는 침묵할 것이다. 그게 아니라면 나는 나의 반항의 노래를 부르고자 했을 것이다.

진짜다, 나는 나의 반항의 노래를 부르겠다!

사막이 이곳에 있다. 공포스런……

그럼에도 불구하고 그들은 춤추고 노래한다. 아름답고도 진실하게, 그리고 용맹스럽게.

당신들, 떠돌며 예술하는 사람들, 적막 속에서 노래하고 춤추면서 어쩌면 벌써 귀향하려는 마음이 생겼는지도 모른다. 당신들은 아마 복수할 뜻이 없었겠지만, 당신들이 돌아가면 우리들은 보복당할 것이다.

사막보다도 훨씬 무서운 인간 세상이 여기에 있다.

아아! 이것이 바로 사막에 대한 나의 반항의 노래이자, 안면이 있거나 혹은 생면부지의 공감하는 벗들에 대한 나의 권유이자, 적막 속을 떠도는 가수들을 위한 광고이다.

4월 9일

주)_____

1) 원제는 「爲"俄國歌劇團"」, 1922년 4월 9일 『천바오 부간』에 발표했다.

2) 1922년 봄 하얼빈(哈爾濱), 창춘(長春) 등지를 거쳐 베이징에 온 러시아 가극단(10월 혁명 이후 러시아를 떠난 예술단체)을 가리키는데, 4월 초에 베이징 제일무대(第一舞臺)에서 공연했다. 베이징 '제일무대'는 1912년에 건립을 준비하여 1914년 봄에 완성, 같은 해 6월 9일에 정식으로 개막한 서양식 극장이다.

3) 이 말은 예로셴코가 루쉰에게 한 말이다. 『외침』「오리의 희극」 중에도 이 말이 나온다. 바실리 야코블레비치 예로셴코(Василий Яковлевич Ерошенко, 1890~1952)는 러시아 시인이자 동화작가이다. 유년 시절에 병으로 말미암아 두 눈을 실명했으나 일본, 태국, 인도 등지를 여행했고, 1921년 일본에서 노동절 시위에 참가했다가 6월에 일본 정부에 의해 추방당하고 중국에 도착했다. 중국에서는 베이징대학, 베이징 에스페란토전문학교(世界語專門學校)에서 강의했으며, 1923년 4월 귀국했다. 그는 에스페란토와 일어로 글쓰기를 했으며, 루쉰은 그의 『연분홍 구름』(桃色的雲), 『예로셴코 동화집』(愛羅先珂童話集)을 번역했다.

무제[1]

사립학교 학예대회[2] 이튿날 나도 몇몇 친구들과 더불어 중앙공원에 놀러 갔다.[3]

나는 입구에 '곤곡'昆曲이라는 두 글자를 붙여 놓은 건물 밖에 서 있었다. 앞쪽이 벽이었음에도 누군가 등 뒤쪽에서 전력을 다해 숨도 못 쉴 정도로 밀고 들어왔다. 그는 나를 실체 없는 영혼으로 간주하는 것 같았다. 이것은 그의 잘못이라고 말하지 않을 수 없다.

되돌아가 아이들에게 나눠 줄 간식을 사야겠다. 나는 이리하여 제당회사에 도착하여 먹을 것을 샀다. 산 것은 '매실 주구뤼 싼윈즈'[4]이다.

이것이 상자 위에 씌어진 글자인데, 자못 신비롭기까지 하다. 그런데 그렇지 않은 것이 영어로 쓰면 Chocolate apricot sandwich에 불과하다.

나는 '매실 주구뤼 싼윈즈' 여덟 통을 사기로 하고 돈을 치르고 그것들을 호주머니 속에 집어넣었다. 불행히도 나의 눈은 갑자기 훤해져 회사의 점원이 쫙 펼친 다섯 손가락으로 내가 사지 않은 다른 모든 '매실 주구뤼 싼원즈'를 가리는 것을 보고 말았다.

이것은 분명 나에게 주는 모욕이다! 그럼에도 불구하고, 사실, 나는 결코 이것이 모욕이라고 생각해서는 안 된다. 왜냐하면 나는 그가 그것을 가리지 않았다면 이 혼란 속에서 언제까지나 도둑맞지 않으리라고 보증할 수 없기 때문이다. 게다가 내가 결코 좀도둑이 아님을 증명할 수도 없고, 내가 과거, 현재 그리고 미래에도 결코 물건을 훔치는 일은 없을 것이라고 스스로 증명할 수도 없기 때문이다.

나는 순간 불쾌했지만 웃는 척하며 점원의 어깨를 두드리며 말했다.

"그럴 필요 없네. 절대로 하나 더 가져가거나 하지는 않을걸세."

그는 "아닙니다, 아닙니다"라고 말하면서 서둘러 손을 거두어들이고 부끄러워했다. 이것은 아주 뜻밖이었다. 그가 반드시 강변할 것이라고 예측했기 때문이다. 이리하여 나도 부끄러워졌다.

이러한 부끄러움은 왕왕 인류를 의심하는 나의 머리 위에 뿌려지는 한 방울의 차가운 물이 되고, 이것은 나에게 상처가 된다.

야밤에 홀로 방에 앉아 있으면 사람들과 최소한 한 장丈 정도는 멀어진다. 나눠 주고 남은 '매실 주구뤼 싼원즈'를 먹으며 톨스토이의 책 몇 쪽을 읽으면서 차츰 나의 주위에도 저 멀리 멀리서 인류의 희망을 품고 있다는 것이 느껴진다.

4월 12일

주)_____

1) 원제는「無題」, 1922년 4월 12일『천바오 부간』에 발표했다. 필명은 루쉰.

2) 중국의 실험(實驗)학교 등 24개 남녀학교가 경비 문제를 해결하기 위하여 1922년 4월 8, 9, 10일 베이징 중앙공원에서 거행한 학예대회를 가리킨다.

3) 『천바오 부간』에 발표될 당시에는 첫번째 단락과 두번째 단락 사이에 "Sro. E를 보자 몇몇 사람들이 '봉사, 봉사!'라고 소리쳤다. 맞다. 그들은 진리를 발견한 것이다"라는 말이 있었다. Sro. E는 예로셴코를 가리킨다.

4) 원문은 '黃枚朱古律三文治'이다. '黃枚'는 매실, '주구뤼'(朱古律)와 '싼원즈'(三文治)는 각각 Chocolate와 Sandwich에 대한 음역이다.

'난해함을 진동하다'[1]

상하이의 조계지에 사는 '국학가'들은, 백화문을 쓰는 사람들은 대개 청년들이고 골동품 책을 본 적이 없을 것이라고 생각하고, 그리하여 소위 '국학'으로 청년들을 위협한다.

『스바오』에 '한추'라는 필명으로 「문자감상」[2]이라는 글이 실렸는데, 거기에는 다음과 같은 단락이 있었다.

신학가新學家는국학이천박하여말할것도못된다그러므로끼룩끼룩거리는문장으로난해함을진동하지만한번읽으면구토가날지경이고두번읽으면혼수에빠져들게된다.

삼가 가르침을 받았다. 예전에 나는 '끼룩끼룩'[3]이라는 말은 옛사람들이 자고새의 울음소리를 형용하는 것일 뿐 다른 깊은 뜻은 없다고 생각했다. 「문자감상」덕분에 이 말은 '난해'하게 우는 자고새를 탓하는 것이며, 이로써 그것을 나무라는 것임을 알게 되었다. 하지만 여하튼 간에 '난해'함이 사람들의 '구토'를 야기할 수 없고, 자고새 울음소리를 듣고 구토했다는 사람은 자고로 존재하지 않았다. 문장을 가지고 말해 보면 '월약계고'[4)]에 대해서는 주석이 분분하고 '강즉동옹'[5)]의 방점에 대해서도 이론異論이 끊이지 않으므로, 이것이야말로 난해하다고 할 수 있는 것이다. 하지만 이 때문에 구역질 난다는 말은 여태까지 들어 본 적이 없다. 구토의 원인은 결코 다른 사람이 지은 문장이 '난해'해서가 아니라 자신의 신체 속에 있다. 아마도 '국학'이 지나치게 많이 축적되어 필설로 다하지 못하기 때문에 올라오는 것일 터이다.

"난해함을진동한다"에서 '진동한다'라는 말은 국학의 문외한의 입장에서 보면 무슨 뜻인지 통하지 않는다. 아마도 식자공의 실수인 듯하다. 식자하고 인쇄하는 것도 신학新學이므로 어쩌면 '난해함을진동하'는 것을 피할 수 없을지도 모른다.

이것이 아니라면, 이런 '국학'은 난해하지는 않다고 해도 졸작이다. 그야말로 "한번읽으면구토가날지경이고" 두 번 읽으면 반드시 구토를 일으킨다.

국학아, 국학아, 신학가들은 "천박하여말할것도못되"고 국학가들은 말은 하지만 순통하지 않다. 당신들은 정녕 막다른 길로 가려 하는구려!

9월 20일

1) 원제는「"以震其艱深"」, 1922년 9월 20일『천바오 부간』에 발표했다. 필명은 머우성저(某生者).

2) 한추(涵秋)는 리한추(李涵秋, 1874~1923)를 가리킨다. 다른 필명으로 친샹거주(沁香閣主), 윈샹거주(韻香閣主)가 있다. 장쑤(江蘇) 장두(江都) 사람이며 원앙호접파(鴛鴦蝴蝶派)이다. 작품에는『광릉조』(廣陵潮) 등이 있다.「문자감상」(文字感想)은 1922년 9월 14일『스바오』(時報)의『샤오스바오』(小時報)에 실렸다.

3) 원문은 '鉤輈格磔'으로 자고새 울음소리의 의성어이다. 당대 이군옥(李群玉)의「구자판문자고」(九子坂聞鷓鴣)에서 "구불구불한 험한 길을 지나가려는데 다시 끼룩끼룩 소리가 들렸다"(正穿詰曲崎嶇路, 更聽鉤輈格磔)라는 말이 나온다. 명대 이시진(李時珍)의『본초강목』(本草綱目) 권48「금부」(禽部)의「집해」(集解)에는 "공지약(孔志約)의 말을 인용하여 '자고는 장난(江南)에서 자라며 모양은 암탉과 같으며 우는 소리는 끼룩끼룩거린다'"라고 했다.

4) 월약계고(粵若稽古).『상서』(尙書)의「요전」(堯傳)에 "아, 요임금 방훈을 계고해 보니 공경스럽고 총명하고 문아하고 사려 깊고 안온하셨다"(曰若稽古帝堯, 曰放勳, 欽明文思安安)라는 말이 나온다. '월'(粵)은 '왈'(曰)이라고도 쓰며, 발어사(發語辭)이다. '월 약계고'에 대해서는 한대 이래로 많은 사람들이 주석을 달았으며 의견도 분분하다. 당대의 공영달(孔穎達)은 "옛 도에 맞추어 살피고 그것을 행할 수 있다"(能順考古道而行之)라는 뜻이라고 주석을 달았다. 공영달은 이 말의 뜻에 대하여 "옛 도에 맞추어 따라 행하는 사람은 요임금이다. 또한 옛 도에 맞추어 펼치는데, 요임금은 선인들의 공덕을 배워 교화를 시행했다. 마음은 공경스럽고 지혜는 밝고 등용은 문아하고 사려는 두루 통했다. 이 네 가지 덕으로써 천하를 편안하게 한다"라고 했다.

5) 강즉동옹(絳卽東雍). 당대 번종사(樊宗師)의「강수거원지기」(絳守居園池記)에 나온다. 번종사의 문장은 난해한 것으로 유명하다. 이 글에 대한 주석이 매우 많으며 문장 나누기도 모두 다르다. 이 글의 첫번째 구절이 '강즉동옹위수리소'(絳卽東雍爲守理所)이다. '강즉동옹, 위수리소'라고 나누기도 하고 '강, 즉동옹위수리소'로 나누어 읽기도 한다. 그런데 번종사는 장저우(絳州)자사를 역임했으므로 이 말은 '장(絳)은 곧 둥융(東雍) 옛땅에 태수가 다스리는 곳을 지었다'라는 의미로 해석할 수 있을 듯하다.

소위 '국학'[1]

지금 폭발하고 있는 '국학가'들의 소위 '국학'이란 무엇인가?

하나는 상인과 유로들이 구서 몇십 부를 인쇄해서 돈을 버는 것이고 다른 하나는 양장[2]의 문호들이 원앙호접체[3] 소설 몇 권을 써서 출판하는 것이다.

상인과 유로들의 인쇄는 책을 골동품으로 만드는 것으로 그것의 치중점은 서적이 아니라 골동품이다. 유로들은 돈이 있으니 어쩌면 잠시나마 자기위안이 되면 그만일 것이다. 그리고 상인들은 둥둥 북을 울리며 이를 기회 삼아 이익을 얻는다. 차, 소금 판매상들은 원래 '사류'士類 축에 들지 않지만 신과 구의 분란을 틈타서 서적 간행으로 명성을 얻어 유로유소[4]의 '사림'士林에 끼려고 한다. 그들이 간행한 책은 민국 연월이 없고 원元대 판본인지 청淸대 판본인지도 구분할 수 없다. 모두 골동품의 성격을 띠는 것으로 최소한 권당 2, 3위안, 연사지에다 비단 표지[5]로 고색창연하게 만들어 학생들이 살 수도 없다. 이것이 바로 그들의 소위 '국학'이다.

그런데 영리한 상인들은 절대로 학생들의 돈을 가만히 두지 않는다. 나쁜 종이와 안 좋은 먹으로 '청화'菁華, '대전'大典 따위를 따로 인쇄하여 학생들의 돈을 긁어모은다. 정가가 그다지 비싸지는 않지만 종이와 먹에 비교하면 비싼 가격이다. 이러한 '국학' 서적에 대한 교감작업은 신학가들이 하지 않았으므로 상하이의 소위 '국학가'들이 한 것이 분명하다. 그런데 오자가 잇따르고 잘못 찍은 구두점이 계속되니(신식 구두점을 사용하는 것도 아니다) 정녕 청년들을 가지고 노는 것이라고 할 수 있다. 이것이 바로 그들의 소위 '국학'이다.

예전에 양장에는 소위 문호들이 지은 '그대와 나', '원앙과 호접'이 실로 작은 더미를 이루고 있었다. 양장이 생긴 이래로 이런 문장(?)을 국학이라고 칭하는 사람은 없었고 그들 스스로도 결코 '국학가'로 자처하지 않았다. 그런데 요즘은 무슨 영문인지 불현듯 기발한 발상이 터져 나와 그들도 소금, 차 판매상들로부터 배웠는지 터무니없이 '국학가'의 무리 속으로 끼어들려고 한다. 하지만 현실은 아주 참혹하다. 그들의 소위 '국학'이란 "종이가겹쳐진채로인쇄되는일이어디에나있었는데상하이일대가가장심했다 …… 나는한가한때필묵의낭비를아까워하지않고사실을엮어소설로만들어독자들에게바치니독자들도즐겨볼것이라생각한다"라는 것이다. (원본에는 매 구절마다 방점이 있으나 식자공의 일을 덜기 위해 여기서는 생략하니 독자들의 양해를 바란다.) '국학'이란 이것에 지나지 않는 것인가?

역사에 나오는 유림전이나 문원전을 한번 펼쳐 보시게나. 거기에

구서를 골동품 취급하는 홍유鴻儒가 있는가, 종이가 겹쳐진 채로 인쇄하여 독자에게 바치는 문사文士가 있는가?

만약 올해부터 이러한 것들이야말로 '국학'이라고 한다면, 그것은 '신'新 사례가 된다. 그런데 당신들은 '국학'을 말하고 있는 것이 아닌가?

주)_____

1) 원제는 「所謂"國學"」, 1922년 10월 4일 『천바오 부간』에 발표했다. 필명은 머우성저.

2) '양장'(洋場)은 주로 상하이에서 외국인이 많고 수입한 상품가게들이 즐비했던 곳을 가리키는 말이다.

3) '원앙호접체'(鴛鴦蝴蝶體)는 청말민초 상하이를 중심으로 활동한 통속문학유파의 문체를 일컫는다. 문언문으로 재자가인(才子佳人)의 슬픈 사랑을 묘사한 작품이 많다. "같은 운명의 36마리의 원앙, 가련한 한 쌍의 나비"라는 상투어를 자주 사용했다. 원앙호접으로 재자가인을 비유했으므로 '원앙호접체'라고 칭해졌다. 대표적인 작가로는 쉬전야(徐枕亞), 천뎨셴(陳蝶仙), 리딩이(李定夷) 등이 있다. 그들이 출판한 간행물로는 『민권소』(民權素), 『소설총보』(小說叢報), 『소설신보』(小說新報), 『토요일』(禮拜六), 『소설세계』(小說世界) 등이 있다. 이중 『토요일』이 영향력이 가장 컸으므로 원앙호접파를 '토요일파'(禮拜六派)라고 부르기도 한다.

4) 유로(遺老)는 왕조가 바뀐 이후에도 이전 왕조에 충성을 다하는 유신을 의미하고, 유소(遺少)는 신시대에 살고 있으면서도 구시대의 낡은 사고를 가지고 있는 젊은이를 뜻하는데, 루쉰의 잡문에 비판의 대상으로 자주 등장한다.

5) '연사지'(連史紙)는 재질이 견고하고 색깔이 희며 귀중한 서적을 인쇄하는 데 사용된 종이이다.

동요의 '반동'[1]

1. 동요

후화이천[2]

"달아! 달아!

나머지 반은 어디로 갔니?"

"누군가 훔쳐 갔지."

"뭐 하려고 훔쳐 갔지?"

"거울 삼아 비춰 보려고."

2. 반동가

어린이

하늘에 있는 반달

나는 "깨진 거울이 하늘로 날아갔다"고 말하는데

알고 보니 누군가 훔쳐 땅으로 가져갔어.

재미있군, 재미있어, 거울이 되었네!

그런데 나는 둥글거나 네모나거나 장방형인 팔각, 육각의

　　마름꽃 모양이거나 보상화[3] 모양 거울을 보았지,

　　반달 모양 거울은 본 적이 없어.

　　나는 그래서 정말 김 샜어!

　삼가 생각건대 어린이들이 신조류의 영향으로 감히 번번이 함부로 비난을 일삼고 있으니, 인심이 옛날과 달라진 것이 족히 개탄스럽도다! 그런데 원래 시를 삼가 읽어 보았더니 여기에도 약간의 실수가 있었다. 만약 두번째 행을 "반 개짜리 두 개는 어디로 갔나"라고 했으면 완전무결했을 것이다. 후 선생도 평소에 첨삭한 적이 있으므로[4] 소인의 말을 허황되다고 하지 않을 것이다. 하력夏曆 중추절 닷새 전, 머우성저[5]가 삼가 주를 달다.

10월 9일

주)_____

1) 원제는 「兒歌的 "反動"」, 1922년 10월 9일 『천바오 부간』에 실렸다. 필명은 머우성저.

2) 후화이천(胡懷琛, 1886~1938). 자는 치천(奇塵), 안후이(安徽) 징현(涇縣) 사람. 「소위 '국학'」에 나오는 국학가와 원앙호접파 작가 중 한 명이다. 1922년 9월 정전둬(鄭振鐸)에게 보낸 편지에서 "신문학을 제창하는 사람들은 중국의 문학을 개조한다고는 하지만, 요 몇 년 동안을 보면 수확이 없을 뿐만 아니라 반동도 있다"라고 했다. 루쉰이 여기서 말하고 있는 "동요의 '반동'"은 이와 같은 언설을 겨냥해서 한 말이다.

3) 보상화(寶相花)는 연꽃 모양의 도안으로 전통 공예에서 자주 사용한다. '보상'은 불교 용어로서 불상의 장엄함과 존귀함을 형용한다. 불교에서 연꽃을 존중하는 데서 유래 된 이름이다.

4) 후화이천은 후스(胡適)의 『상시집』(嘗試集)에 나오는 시에 첨삭을 가하여 발표한 적 이 있는데, 루쉰은 이를 빗대어 말하고 있다.

5) 루쉰의 필명 '머우성저'(某生者)는 당시 원앙호접파 작가를 풍자하는 의미를 포함하 고 있다. 원앙호접파 작가들이 자주 '……생(生)'이라는 필명을 사용했고, 그들의 소 설에는 "모생이라는 사람(某生者)은 모(某) 땅 사람으로 대대로 고관대작이었으며 문채가 아름다웠다……"라는 등의 말로 시작하는 것이 공식이었다.

'모든 것에 적용되는 학설'[1]

나는 『학등』에서 우미 군이 쓴 「신문화운동의반응」[2]이라는 글을 읽고
서 『중화신보』[3]에 실린 원문을 찾아보았다.

그것은 호기로운 장문으로 족히 만여 자는 되고, 뿐만 아니라 필
자인 우미 군의 사진도 실려 있었다. 기자는 글 앞에 다음과 같이 소개
했다. "징양우미군은미국하버드대학석사이며현재국립둥난대학서양
문학과교수이다군은세계문학에정통하여그정수를배웠을뿐만아니라
국학을함양하여심히깊이가있다최근에는쉐헝잡지를주편하여실학을
제창함으로써시론時論을맡아그것을높이고있다."

그런데 이 방대한 글의 내용은 지극히 단순하다. 대의를 말해 보
면 신문화는 주장할 만한 것이지만 주창자들은 "마땅히넓은시야로.
대범한태도로. 학술에진력해야한다. 깊이살피고정밀한연구로. 그전
체를조망하여. 그리고관통하고명철히깨닫는다. 그런연후에평정한마
음으로이치를저울질하고. 중용을잡고만물을부려. 모든것에적용되는

학설을만들고. 중서의정화를융합하여. 한나라한시대의쓰임으로삼는
다"라는 것이다. 그런데 "최근에소위신문화운동가라는사람들은. 편
벽된주장을기본으로하고. 선전이라는좋은방법으로보좌한다. ……
덧붙여새것을좋아하여맹종하는사람들이많아진" 것이 한탄스럽다.
갑자기 위세가 대단해졌는데, 다만 "물극필반物極必反의. 이치가분명
하다"는 것을 모른다. 이리하여 "최근에신문화운동을의심하고비판
하는출판물이점점많아지고있는것이다"라고 했다. 이것이 바로 '신문
화운동의반응'이라는 것이다. 그런데 "소위반응이라는것은반항을말
하는것이아니다. …… 독자는나의논리를반항의행렬에세우지않기를
바란다. 그렇게되면신문화에찬성하지않는사람이라는의심을사게된
다"라고 운운하고 있다.

신문화운동에 반응하는 출판물로 모두 일곱 개를 거론하고 있
는데, 대체로 "중용을잡고만물을부리며" '정도正道'의 신문화를 선전
하는 것들이라고 한다. 여기서 나도 소개 한번 해보기로 한다. 하나는
『민심주보』, 둘은『경세보』, 셋은『아주학술잡지』, 넷은『사지학보』, 다
섯은『문철학보』, 여섯은『쉐헝』, 일곱은『상군』[4]이다.

나머지 내용은 모두 이 일곱 간행물에 대하여 우 군이 '평정한마
음으로저울질한' 비평(?)이다. 예컨대『민심주보』는 "발간부터정간까
지. 소설과한두편원고를제외하면. 모두문언을사용하고있다. 소위신
식표점은사용하지않았다. 이한가지단서로보면. 신조류가바야흐로흥
성할때. 이것역시소위황허가운데지주산砥柱山이라고할만하다"라고
했다.『상군』이 백화와 표점을 사용한 까닭에 대해서는 특별한 이유

가 있다고 한다. 그것은 "『쉐헝』은본래사리의진실을다루므로. 고로졸렬한백화와영문표점을배척한다. 『상군』은문예의미를추구하므로. 따라서타당한백화와신식표점을겸용하고있다"라는 것이다. 요컨대 주장이 극단적이면 표점 사용도 극단적으로 간주되고 그 백화는 당연히 '타당'하지 않은 것이 된다. 다시 말하면 나의 백화는 타당과 거리가 아주 멀기 때문에 나의 표점은 '영문표점'[5]이라는 것이다.

그런데 가장 '관통하고명철히깨달은것'으로는 『경세보』의 '반응'을 들고 있다. 『경세보』가 출판될 당시에는 '만 가지 악행의 으뜸은 효'라는 유언비어[6]도 없던 시절임에도 그들은 이미 성인 숭배에 관한 수많은 고담준론을 발표했는데, 아쉽게도 지금은 일보에서 월간으로 바뀌어 그야말로 위축된 처지를 보여 주고 있다. "군신의윤리에대해서는. 따로새로운해석을내리고", "『아주학술잡지』가그것의견강부회함을의론하여. 반드시군群을제왕으로간주했다"라는 것에 대해서는 그야말로 맞는 말이므로 이것이야말로 '신문화운동의반응'으로 칠 수 있다. 그런데 우 군은 '잘못이다'라고 했는데, 이것은 우 군이 '잘못한' 것이다. 왜냐하면 시대를 고려하면 당시의 군群은 대총통이 아니라 제왕이었기 때문이다. 민국 이전의 의론이라면 시대적인 원인으로 당연히 혁명의 정신이 많이 포함되어 있을 것이다. 『국수학보』[7]가 바로 그중 하나이다. 그런데 우 군은 『아주학술잡지』가 학술을 말하면서 혁명을 함께 언급하고 있다고 나무라고 있는데, 이것은 시간의 선후를 지나치게 '융합'했기 때문이라고 하겠다.

이외에도 그의 견문이 지나치게 좁음을 보여 주는 것은 『창칭』,

『훙』, 『쾌활』, 『토요일』[8) 등 최근에 풍운처럼 일어나고 있는 간행물을 누락했다는 사실이다. 이들이야말로 '신문화운동의반응'일 뿐만 아니라 '타당한백화'를 사용하고 있는 것들이다.

11월 13일

주)_____

1) 원제는 「"一是之學說"」, 1922년 11월 3일 『천바오 부간』에 실렸다. 필명은 펑성(風聲).

2) 『학등』(學燈)은 당시 연구계 신문인 상하이 『시사신보』의 부간. 1918년 3월 4일 창간. 우미(吳宓)를 비판한 글이란 푸성(甫生)이 쓴 「「신문화운동의반응」을 반박하다」(駁 「新文化運動之反應」)를 가리킨다. 1922년 10월 30일 『학등』에 실렸다.

우미(1894~1978)는 자가 위성(雨僧), 산시(陝西) 징양(涇陽) 사람. 미국, 영국, 프랑스 등지에서 유학했으며 칭화(清華)대학 연구원 주임, 둥난대학 교수 등을 역임했다.

3) 『중화신보』(中華新報)는 당시 정치계(양융즈楊永植, 장췬張群 등이 조직한 정치단체)의 신문. 1915년 10월 상하이에서 창간하여 1926년 여름 정간되었다. 우미의 「신문화운동의반응」은 1922년 10월 10일 이 신문의 증간본에 실렸다.

4) 『민심주보』(民心週報). 1919년 창간. 상하이 민심주보사가 편집했다.

『경세보』(經世報). 1917년 창간. 일간이었으나 1922년부터 월간으로 바꾸었다. 베이징 경세보사에서 편집했다.

『아주학술잡지』(亞洲學術雜誌). 1922년 창간. 월간이며 상하이 아주학술연구회에서 편집했다.

『사지학보』(史地學報). 1921년 창간. 계간이며 난징고등사범학교 사지연구회에서 편집했다.

『문철학보』(文哲學報). 1922년 창간. 계간이며 난징고등사범학교 문학철학연구회에서 편집했다.

『상군』(湘君). 1922년 창간. 계간이며 후난 창사(長沙)의 밍더(明德)학교 상군사에서 편집했다.

이 간행물들은 모두 신문화운동을 반대하고 복고주의를 선전했다.

5) 국제적으로 통용되는 표점부호 즉, '신식부호'를 가리킨다. 쉬헝과 등은 신문화운동을 반대하면서 현대식 표점의 사용을 반대하며 국제적으로 통용되는 표점부호를 '영문표점'이라고 지칭했다.

6) 『신청년』제8권 제6호(1921년 4월 1일)에 '어떤 말'(什麼話)이란 난에 '기자'(記者)의 채록으로 다음과 같은 내용이 실려 있다. "3월 8일 상하이 『중화신보』에서 '천두슈(陳獨秀)의 금수 같은 학설의 …… 요지는 바로 도덕을 폐지하고 효를 원수로 간주하는 것이다. 여러 학교에 강연을 가면 반드시 만 가지 악행의 으뜸이 효이고, 백 가지 선행의 으뜸이 음란함이라는 취지를 힘껏 강조한다. 청년자제들은 호기심이 많고 모방하려는 경향이 많다. 대개 사회적으로 부랑자들이 들끓어 그의 설을 듣기를 좋아하지 않는 사람이 없다. 부자간을 낯선 사람이라고 말하고 간음을 천성이라고 말한다. 목하 민병의 소란은 일시의 고통에 속하지만 천두슈의 학설은 진실로 죄악의 장본인으로서 보호막을 무너뜨리고 있다. 인심세도의 걱정은 천만억겁이 지나도 회복되기 어렵다'라고 말했다." 천두슈는 1921년 3월 18일 『광둥췬바오』(廣東群報)에 발표한 「반박」(辟謠)이라는 글에서 그와 같은 말을 한 적이 없다고 밝혔다.

7) 『국수학보』(國粹學報). 1905년 1월 상하이에서 창간. 월간이며 덩스(鄧實)가 편집. 1911년 12월 정간 때까지 모두 83기 발간했다. 주요 기고자는 장타이옌(章太炎), 류스페이(劉師培) 등이다. 이 잡지는 명말 유민의 반청(反淸)에 관한 글을 자주 게재하여 혁명운동에 영향을 미쳤다.

8) 『창칭』(長靑). 1922년 9월 창간. 주간이며 바오톈샤오(包天笑), 후화이천이 편집했다. 동년 10월 정간.

『훙』(紅)은 『훙잡지』(紅雜誌)를 가리킨다. 1922년 8월 창간. 주간이며 옌두허(嚴獨鶴), 스지췬(施濟群)이 편집했다. 1927년 『붉은 장미』(紅玫瑰)로 개명했다.

『콰활』(快活). 1922년 1월 창간한 순간(旬刊)이다. 이한추(李涵秋), 장윈스(張雲石)가 편집, 같은 해 12월 정간되었다.

『토요일』(禮拜六). 1914년 6월 6일 창간. 주간이며 왕둔건(王鈍根), 쑨젠추(孫劍秋)가 편집했다. 1916년 4월에 정간되고 1921년 3월에 복간되었다가 1923년 4월에 다시 정간된 바 있다.

이상은 모두 원앙호접파가 상하이에서 만든 문예간행물이다.

이해할 수 없는 음역[1]

1.

무릇 한 가지 사물이 언제까지나 뒤죽박죽 구분할 수 없는 것으로는 아마도 우리 중국에 있는 것보다 더한 것은 없을 것이다.

외국인 이름의 번역은 음역을 하는 것이 지극히 타당하고 지극히 일반적이다. 약간의 상식마저 없는 사람이 아니라면 결코 쓸데없는 말을 하지는 않을 것이다. 그런데 상하이의 신문(무슨 신문인지는 분명하지 않은데, 『신선바오』新申報가 아니면 『스바오』時報일 것이다)에 돌을 던지는 사람이 몰래 스며들어 조소를 퍼부었다. 그는 신문학을 하는 사람의 비결 중에 하나는 '투제나푸'屠介納夫, '궈거리'郭歌里[2] 따위의 사람들이 이해할 수 없는 글자를 사용하는 것이라고 했다.

무릇 역대로 음역한 명사로는 '쉐'靴, '스쯔'獅子, '푸타오'葡萄, '뤄푸'羅卜, '포'佛, '이리'伊犁[3] 등이 있다. 이에 대해서는 이상한 사용이라고 전혀 생각하지 않으면서 유달리 몇몇 새로운 번역어에 대해서는 못되게 군다. 잘 알고 있다면 가소롭고, 모르고 있다면 가련하다.

사실 최근의 많은 번역가들은 과거의 번역가들에 비하면 그렇잖아도 몇 배나 완고한 편이다. 예컨대 남북조시대 사람들은 인도인의 이름을 아난타, 실차난타, 구마라습파[4] 등으로 번역했다. 그들은 중국인의 이름 모양에다 억지로 갖다 붙이지 않았기 때문에 우리가 지금까지도 그들의 음역에 따라서 원음을 추론할 수 있는 것이다. 그런데 뜻밖에도 광서 말년 유학생 출판물에 외국인이라고 하며 '커보젠'柯伯堅[5]이라는 이름이 등장했다. 얼핏 보면 그가 커씨 집안의 어르신 커중롼柯仲軟의 영형令兄이 아닐까 싶기도 하지만 다행히 사진이 있어서 그 사람이 아니라 러시아의 Kropotkin임을 알 수 있었다. 그 책에는 '타오쓰다오'陶斯道[6]도 있었는데 Dostoievski였는지 Tolstoi였는지 잘 기억이 나지 않는다.

'투제나푸'와 '궈거리'라는 이름은 고아함의 측면에서는 '커보젠'을 따라갈 수가 없다. 그런데 외국인의 성씨를 『백가성』[7]에 있는 글자로 사용하는 것은 최근 번역계의 관습이 되다시피 했으므로 육조시대의 스님[8]들에 비교하면 매우 '안분'安分적인 태도라고 할 수 있다. 그런데도 몰래 돌을 던지며 귀신인 양하고 있으니, 설마 정말로 '인심이 옛날 같지' 않다는 말인가?

나는 오히려 오늘날의 번역가들이 '옛날의 스님'을 배우는 것이 낫다고 생각한다. 무릇 인명과 지명에서 무슨 음은 어떻게 번역하는가에 대해서 괜한 마음을 쓰며 박아 넣을 필요가 없을 뿐만 아니라 번역어를 고칠 필요도 있다. '커보젠'을 예로 들면 최근에는 '쿠루바진' 苦魯巴金으로 번역하고 있는데, 첫번째 음이 Ku가 아니라 K이므로 우리는 '쿠'苦를 '커'㤎로 바꾸어야 한다. 왜냐하면 중국의 자음에서 K와 Ku는 구별되기 때문이다.

그런데 중국은 이런 것들에 전혀 주의하지 않는다. 따라서 작년 크로포트킨의 사망 소식이 전해졌을 때 상하이의 『스바오』는 러일전쟁 당시 뤼순旅順의 패장 Kuropatkin의 사진으로 무정부주의를 주장한 노老영웅의 사진을 대신하기도 했던 것이다.[9]

11월 4일

2.

'국학가'로 자처하는 사람은 역음譯音에 대해서도 조소를 퍼붓고 있는데, 이는 분명 고금을 통틀어 기이한 이야기라고 할 수 있다. 그런데 이것은 그의 우매함을 보여 주는 것일 뿐만 아니라 그야말로 그의 비참한 처지가 읽히기도 한다.

그의 훌륭한 뜻을 따르자면 어떻게 해야 하는가? 생각해 보면 세 가지 대책이 있을 것 같다. 상책은 무릇 외국의 사물이라면 모조리 언급하지 않는 것이다. 중책은 무릇 외국인을 모두 양귀신이라고 부르고 투제나푸의 『사냥꾼일기』, 궈거리의 『검찰관』을 모두 '양귀신 지음'이라고 이름 붙이면 된다. 하책은 외국인의 이름을 왕희지, 당백호,

황삼태[10]라는 식으로 고치는 것이다. 진화론은 당백호가 주장했고 상대성이론은 왕희지가 발명했으며 아메리카 대륙은 황삼태가 발견했다는 식으로 말이다.

만약 이렇게 하지 않는다면, 국학가로 자처하는 사람이 이해할 수 없는 새로운 음역어가 진짜 국학의 영역으로 침입하고 말 것이다.

중국에는 『유사추간』[11]이라는 책이 있는데 출판된 지 바야흐로 10년이 되었다. 국학을 논한다면 이 정도는 되어야 국학을 연구한 책이라고 할 수 있다. 서두에는 왕궈웨이[12] 선생이 쓴 긴 서문이 있는데, 국학을 논하고자 한다면 이 정도는 되어야 국학을 연구한 인물이라고 할 수 있다. 그의 서문에는 "생각건대고대목간이출토된땅은대개세곳이다……세곳이란허톈和闐동북쪽의니야청과마잔퉈라보라화스더[13]이다"라는 말이 있다.

이 역음은 '투제나푸'류에 비교해 보면 결코 고아하지도, 쉽게 이해되지도 않는다. 그런데 어째서 이렇게 번역했는가? 왜냐하면 그 세 곳의 이름이 그렇기 때문이다. 상하이의 국학가들이 아무리 냉소를 흘린다고 해도 그곳은 여전히 그런 이름을 가지고 있다. 가짜 국학가들이 마작과 술을 하고 진짜 국학가들이 고고한 서재에 조용히 앉아서 고서를 읽을 때, 셰익스피어와 동향인 스타인 박사는 이미 간쑤, 신장 등지의 사막에서 한·진 시대의 간독을 발굴했다. 발굴뿐만 아니라 책을 출판하기까지 했다. 따라서 진정으로 국학을 연구하고자 한다면 그것을 번역해서 가지고 오지 않을 수 없다. 진정한 연구를 하고자 한다면 입 다물고 말하지 않거나 "화하華夏에서 획득했다"고 운운하거나 "춘선[14] 포구에서 얻었다"라고 바꾸어 말하는 식의 나의 세 가지 방책을 사용해서는 안 된다.

비단 이 일만이 아니다. 이외에 진정으로 원나라의 역사를 연구하고자 한다면 '투제나푸'라는 국어를 이해하지 않으면 안 된다. 왜냐하면 '원앙', '호접' 등의 글자로는 실제로 버티기 어렵기 때문이다. 따라서 중국의 국학을 발달시키고자 하지 않으면 그만이지만, 발달시키고자 한다면 감히 청하건대 나의 직언을 용서해 주기 바란다. 양장洋場에서 국학가를 자처하고 있는 사람들이 "그 사이에 발을 들여놓을 수 있는 것"이 절대로 아니다.

나는 왕궈웨이의 서문에서 말하고 있는 세 곳 중 '마잔퉈라보라화스더'를 처음에는 정말인지 어떻게 끊어 읽어야 하는지 알 수 없었다. 계속해서 읽어 가면서 비로소 두번째가 '마잔퉈라'이고 세번째가 '보라화스더'라는 것을 알게 되었다.

그러므로 국학에 대해 분명하게 설명하고자 한다면 외국 글자도 박아 넣어야 하고 신식 표점도 사용해야 하는 것이다.

11월 6일

주)_____

1) 원제는 「不懂的音譯」, 1922년 11월 4일, 6일 『천바오 부간』에 발표했다. 필명은 펑성.
2) 각각 투르게네프, 고골에 대한 음역이다. 투르게네프(Иван Сергеевич Тургенев,

1818~1883)는 러시아 작가로『사냥꾼의 수기』(Записки охотника), 『아버지와 아들』
(Отцы и дети) 등의 소설을 썼다. 여기에서 언급하고 있는 글은 1922년 9월 26일『신
선바오』(新申報)에 라오라오(擾擾)라는 필명으로 실린「소설 창작의 비결」(做小說的
秘訣)이다.

3) 여기에서 '러푸'은 채소의 한 종류인 '무'이고 '이리'는 신장 위구르에 있는 지명이다.

4) 아난타(阿難陀). 인도 곡반왕(斛飯王)의 아들로서 석가모니의 10대 제자 중 한 명이다.
실차난타(實叉難陀, 652~710). 위톈(於闐；지금의 신장 허톈和田 일대) 사람. 무측천(武
則天) 증성(證聖) 1년(695)에 창안(長安)에서『화엄경』과 기타 불경 19부를 번역했다.
구마라습파(鳩摩羅什婆, 344~413). 구마라습이라고도 함. 원적은 인도, 서역 구자국
(龜茲國；지금의 신장 쿠처庫車)에서 출생. 부친은 인도 사람, 모친은 구자국 왕의 동생
이었다. 401년 창안에 있을 당시 후진(後秦)의 요흥(姚興)이 국사(國師)의 예로 대접
했으며, 불경 380여 권을 번역했다.

5) 크로포트킨(Пётр Алексеевич Кропоткин, 1842~1921)을 가리킨다. 러시아 아나키스
트, 프랑스 유학생들이 주편한『신세기』(新世紀) 주간 제87호(1909년 3월 6일)에 '커
보젠'(柯伯堅)이라고 번역한 크로포트킨의 사진이 실렸다.

6) 『신세기』 제73호(1908년 11월 14일)와 76호(동년 12월 5일)에 추커쉬푸(丘克朔夫)의
「나는 양심적으로 이런 것을 좋아한다」(我良心上喜歡如此)라는 글이 번역되어 실렸
다. 내용은 러시아 작가 '타오쓰다오'를 비평한 것인데, 톨스토이를 다루고 있다.

7) 『백가성』(百家姓)은 중국의 서당에서 가장 보편적으로 사용한 어린이용 식자 교재이
다. 성씨에 해당하는 글자를 모아 4자구로 압운하여 엮었다.

8) 원문은 '도안'(道安). 구라마습 등의 저명한 불경 번역가를 일컫는다.

9) 크로포트킨의 사망 소식은 1921년 2월 1일 상하이의『스바오』에 보인다. 기사에는
"최근에 사망한 러시아 사회개혁가 쿠루바진(苦魯巴金)"이라고 설명한 사진이 실
렸는데, 이 사진은 사실 군복을 입은 러시아 장군 쿠로파트킨(Алексей Николаевич
Куропаткин, 1848~1925)이었다.

10) 왕희지(王羲之, 321~379). 자는 일소(逸少), 랑예린이(琅耶臨沂；지금의 산둥 린이臨
沂) 사람. 동진의 문학자이자 서법가이다.
당백호(唐伯虎, 1470~1523). 이름은 인(寅), 자가 백호이다. 우현(吳縣；지금의 장쑤)
사람. 명대의 문학가이자 화가이다.
황삼태(黃三太)는 청대소설『팽공안』(彭公案)에 나오는 강호의 협객.

11) 『유사추간』(流沙墜簡) 3권. 뤄전위(羅振玉), 왕궈웨이 합편, 1914년에 출판. 영국인 스타인(Marc Aurel Stein)은 1900, 1907년 두 차례 신장, 간쑤에서 한·진 시대의 목간을 발굴하여 영국으로 반출했고, 프랑스인 샤반(Édouard Chavannes)은 이러한 목간들로 연구성과를 냈다. 뤄전위와 왕궈웨이는 목간을 분류하고 다시 해석을 가해서 출판했는데, 「소학술수방기서」(小學術數方技書), 「둔술총잔」(屯戌叢殘), 「간독유문」(簡牘遺文) 등 3권으로 나누어진다.

12) 왕궈웨이(王國維, 1877~1927). 자는 징안(靜安), 호는 관탕(觀堂). 저장(浙江) 하이닝(海寧) 사람으로 근대학자이다. 저서로는 『관당집림』(觀堂集林), 『송원희곡사』(宋元戲曲史), 『인간사화』(人間詞話) 등이 있다.

13) '니야청', '마잔뒈라버라화스더'의 원문은 각각 '尼雅城', '馬咱托拉撥拉滑史德'이다.

14) '춘선'(春申)은 상하이 쑹장구(松江區)에 있는 지명이다.

비평가에 대한 희망[1]

지난 이삼 년 동안의 출판물 가운데 문예에 관한 것은 몇 편의 창작 (우선 이렇게 말하기로 하자)과 번역뿐이어서 독자들은 비평가들의 출현을 무척이나 요구했다. 그런데 지금은 이미 비평가가 출현했을 뿐만 아니라 나날이 많아지고 있는 형국이다.

문예가 이토록 유치한 시절에 비평가가 그나마 더 나은 것을 발굴하여 문예의 불꽃을 피우고자 한다면 그 호의는 정녕 너무 감동적이다. 설령 그렇지 않더라도 비평가가 현대작가의 천박함을 탄식한다면 그것은 작가들이 더욱 깊이를 가지기를 바라는 것이고, 현대작품에 피와 눈물이 없음을 탄식한다면 그것은 저술계가 다시 경박해질까 염려하는 것이다. 완곡한 비평이 지나치게 많은 것 같지만 역시 문예에 대한 열렬한 호의이므로 그것 역시도 그야말로 감사할 일이다.

그런데 한두 권의 '서방'의 낡은 비평론에 기대거나 머리가 굳은 선생들이 뱉은 침을 줍거나 중국 고유의 천경지의天經地義 따위에 기

158 열풍

대어 문단을 유린하는 태도에 대해서는 비평의 권위를 지나치게 남용하는 것이라고 생각한다. 비근한 예를 들어, 요리사가 만든 요리가 맛이 없다고 품평하는 사람이 있다고 치자. 그렇다고 해서 요리사가 칼과 도마를 비평가에게 건네주며 당신이 훌륭한 요리를 하는지 두고 보자고 말할 수는 없다. 하지만 요리사도 몇 가지 희망을 가질 수는 있다. 즉 요리를 맛보는 사람이 '부스럼 딱지를 먹는 괴벽'[2]이 없고 술에 취하지 않았고 열병으로 설태가 많이 끼지 않은 사람이기를 바랄 수는 있는 것이다.

문예비평가에 대한 나의 희망은 훨씬 소박하다. 그들이 남의 작품을 해부하고 재판하기 전에 미리 자신의 정신부터 한번 해부하고 재판하여 자신에게 천박하고 비열하고 황당무계한 점이 없는지 살펴보기를 감히 바라지는 않는다. 왜냐하면 이것은 여간 어려운 일이 아니기 때문이다. 나의 희망은 그저 그가 약간의 상식을 갖추기를 바라는 것에 지나지 않는다. 예컨대 나체화와 춘화의 구분, 키스와 성교의 구분, 시체 해부와 시체 도륙의 구분, 해외유학과 '사이四夷로 유배 보내는 것'[3]의 구분, 죽순과 참대의 구분, 고양이와 호랑이의 구분, 호랑이와 서양 음식점의 구분…… 따위를 아는 것이다. 한 걸음 더 나가자면, 영국과 미국의 노老선생의 학설을 중심으로 비평하는 것은 물론 당신의 마음이겠으나 세계에는 영미 두 나라만 존재하는 것이 아님을 알기를 희망한다. 톨스토이를 무시하는 것은 물론 자유이겠지만 우선 그의 행적을 조사해 보고 그가 쓴 책 몇 권이라도 정성 들여 읽어 보기를 희망한다.

또 일부 비평가들은 번역본을 비평하며 왕왕 언급할 가치도 없는 헛수고라고 헐뜯으면서 왜 창작하지 않느냐고 나무란다. 생각해 보면 창작이 존귀하다는 것은 번역가들도 알고 있을 것이다. 하지만 그가 번역가에 그치는 까닭은 번역밖에 할 수 없거나 혹은 번역을 좋아하기 때문일 것이다. 따라서 비평가들이 일의 성격에 맞추어 논하지 않고 이래라 저래라 하는 것은 직권을 넘어서는 것이다. 이런 말은 교훈적 의론이지 비평이 아니기 때문이다. 이쯤에서 다시 요리사에 비유해 보자. 요리를 맛보는 사람은 맛이 어떠하다고 말하는 것으로 충분하다. 만약 이외에 어째서 재봉일이나 토목일을 못하느냐고 요리사를 나무란다면 아무리 멍청한 요리사라고 하더라도 이 손님이 정신줄을 놓았다고 말하고 말 것이다.

11월 9일

주)_____

1) 원제는 「對於批評家的希望」, 1922년 11월 9일 『천바오 부간』에 실렸다. 필명은 평성.

2) 원문은 '嗜痂之癖'. 변태적이고 비정상적인 기호를 가리킨다. 남송의 유경숙(劉敬叔)의 『이원』(異苑) 권10에 "동완(東莞) 사람 유옹(劉邕)은 부스럼딱지 먹기를 좋아했으며 맛이 전복과 흡사하다고 생각했다. 맹령휴(孟靈休) 집에 갔을 때 영휴의 뜸자리가 헐어 부스럼딱지가 침대에 떨어져 있었는데, 옹이 그것을 집어먹었다"라는 이야기가 나온다.

3) 원문은 '放諸四夷'. 『예기』의 「대학」에 "오로지 어진 사람만이 그들을 내쫓아 사이(四夷)로 보내어 중국과 함께하지 못하도록 한다"라는 말이 나온다. '사이'는 중국의 사방 변경에 있던 소수민족을 낮추어 부르던 말이다.

'눈물을 머금은' 비평가를 반대한다[1]

요즘 문예에 대한 비평이 나날이 많아지고 있는 것은 좋은 현상이다. 그런데 비평이 나날이 이상해지는 것은 나쁜 현상이고, 따라서 많아 질수록 더욱 나쁜 것이다.

내가 못마땅하게 본 것은 왕징즈 군의 『혜초의 바람』에 대한 후 멍화 군의 비평이었고, 특히 아주 못마땅했던 것은 장훙시 군에 대한 후 군의 답신이었다.[2]

첫째, 후 군은 『혜초의 바람』의 "한 걸음마다 고개를 돌려 내 마음속의 사람을 훔쳐본다"라고 한 구절을 들어 『금병매』[3]와 같다는 죄를 들씌웠는데, 이것은 죄를 꾸며 함정에 빠지게 하는 것이다.[4] 『금병매』 권1에도 분명 '마음속의 사람'이라는 글자가 나온다. 하지만 이 구절이 같다는 것만으로 이 책과 저 책이 한 모양이라고 할 수는 없다. 예를 들어 후 군도 청년에게 참회를 요구했고 『금병매』도 '잘못을 뉘우친 책'이라고 분명히 말하고 있는데, 나로서는 이 점에서 우연히 일치한다고 해서 후 군의 주장이 『금병매』와 같다고 말할 경솔함도 대담함도 없다. 나는 중국에서 소위 도덕가라고 하는 사람들의 신경이 자고이래로 과민하고 또 과민하다고 생각한다. '마음속의 사람'이라는 글자를 보자마자 바로 『금병매』를 생각하고 '훔쳐보다'는 글자를 보면 바로 다른 일을 넘겨짚곤 한다. 그런데 청년들의 마음이 모두 꼭 그렇게 불결한 것은 아니다. 그렇게 불결하다면 '직접 주고받지 않는다'[5]라고 하더라도 결국에는 '훔쳐볼' 줄 알게 되고 훔쳐보는 것보다 더한 등등의 일을 하게 될 것이다. 그렇게 되면 『예기』[6]도 『금병매』와 동급일 텐데, 『혜초의 바람』이 어디 낄 자리가 있겠는가?

둘째, 후 군은 시에 나오는 "한 스님이 출가를 후회했다"라는 구절을 들어 온 천하의 스님과 석가모니 부처를 모독했다고 말했다. 이것은 종교인의 태도에 가깝고 다수를 끌어들여 으름장을 놓는 것이지 비평가의 태도라고 할 수 없다. 사실 스님이 출가를 후회하는 것은 결코 이상한 일도 아니다. 온 천하의 스님 가운데 출가를 후회하지 않는 사람이 하나도 없다면 그것이 도리어 이상한 일이다. 중국에는 술과 고기를 먹는 스님, 환속한 스님이 많이 있지 않은가? 이것이 '출가를 후회하는 것'이 아니고 무엇이겠는가? 이런 사람들을 나쁜 스님이라고 말한다면 그 시에 나오는 것은 나쁜 스님 중의 하나이지 어째서 온 천하의 스님을 모욕하는 것이겠는가? 이것은 한 권의 시집이 부도덕하다고 한 후 군의 말이 결코 온 천하의 시인을 모욕한 것이라고 할 수 없는 것과 같다. 석가모니로 말하자면 '결코 만나지 못하는 발정 난 마소들'[7]처럼 문예계와 아무런 상관이 없다. 석가모니 선생의 교훈에 따르면 시 창작은 '기어계'[8]를 범하는 것으로 도덕적이든 부도덕적이든 간에 모두 업보를 면치 못하는 아주 두려운 것이다!

셋째, 후 군이 왕 군의 시가 괴테나 셸리에 비길 수 없다고 말한 것은 맞는 말이라고 생각한다. 그런데 나중에 다시 "인격을 논하면서 괴테가 평생 19번 결혼했다는 이유로 세간의 질책을 받은 사실은 숨길 필요가 없다. 그런데 괴테가 세상에 이름을 길이 남길 수 있었던 까닭은 쉰 살 이후에 참회했기 때문임을 우리도 알고 있지 않은가?"라고 말한 것은 정말 기발하다. 셸리에 대해서는 잘 모르지만 괴테 즉, Goethe에 대해서는 내가 감히 그를 대신해서 몇 마디 억울함을 하소연하고자 한다. 그는 결코 '평생 19번 결혼'하지 않았고 결코 '세간의 질책을 받'지도 않았으며 결코 '쉰 살 이후에 참회하'지도 않았다. 뿐만 아니라 후 군은 "'소문을 바로 믿는' 풍조가 성행하면서부터 나라 사람들은 괴테와 셸리의 진정한 인격을 모르고, 무식한 무리들이 함부로 끌어들이고 있으니 슬프고 가소롭다!"라고 했다. 후 군은 삼가 이 말을 거두어들이기 바란다.

나는 왕 군이 정말로 쉰이 넘었는지 모르겠다. 아니라면 후 군의 논조로 재판한다고 하더라도 "한 걸음마다 고개를 돌려 내 마음속의 사람을 훔쳐본다"라는 시를 쓰는 것도 무방할 듯하다. 괴테의 사례를 따르더라도 아직 '참회'할 때가 되지 않았기 때문이다.

끝으로 후 군은 "비애에 젖은 청년, 나는 그들에 대하여 알 수 없는 눈물이 흐른다!", "나는 아직도 몇 마디 더 쓰고 싶다. 나는 비애에 젖은 청년에 대한 알 수 없는 눈물로 가득 찼다"라고 했는데, 나는 정녕 '이것이 무슨 뜻인지'를 모르겠다. 문예비평에서는 절대로 눈물의 분량으로 시비를 정해서는 안 된다. 문예계는 창작자의 눈물을 거두 어들이지만, 그곳에 비평가의 눈물이 묻으면 오점이 된다. 후 군의 눈물은 분명 흘리지 말아야 할 곳, 흘리지 말아야 할 때에 뿌렸다. 심히 안타깝다고 하지 않을 수 없다.

원고를 다 쓴 다음에야 『청광』9)에 실린 글을 읽었는데, 요즘 사람들이 선생이나 군이라는 말을 사용하는 데는 존경과 경멸이라는 차별적인 생각이 포함되어 있다고 했다. 이 글에서 나는 하필이면 군이라고 쓰고 있는데, 애초에 한 글자라도 줄여 보자는 의도였지 결코 무슨 『춘추』의 필법10) 같은 것을 생각한 것은 아니다. 지금 여기에서 이 점을 밝히려다 보니 도리어 글자가 더 늘어나고 말았다.

11월 17일

주)_____

1) 원제는 「反對"舍淚"的批評家」, 1922년 11월 17일 『천바오 부간』에 발표했다. 필명은 펑성.

2) 1922년 9월 왕징즈(汪靜之)의 신시집 『혜초의 바람』(蕙的風)이 출판되자 후멍화(胡夢華)는 『시사신보』의 『학등』(1922년 8월 24일)에 「『혜초의 바람』을 읽고 나서」(讀了 『蕙的風』以後)를 발표하여, 시집에 나오는 몇몇 애정시가 '타락하고 경박한' 작품이며 '부도덕한 혐의가 있다'고 말했다. 이어서 장홍시(章鴻熙)는 『민국일보』 부간 『각오』(覺悟, 1922년 10월 30일)에 「『혜초의 바람』과 도덕문제」(『蕙的風』與道德問題)를

발표하여 이를 반박했다. 후멍화는 다시 『각오』(1922년 11월 3일)에 「비애에 젖은 청년─장훙시 군에게 답함」(悲哀的靑年─答章鴻熙君)을 발표하여 "나는 비애에 젖은 청년에 대한 알 수 없는 눈물로 가득 찼다"라고 했다.

후멍화(1901~1983)는 안후이 지시(績溪) 사람으로 당시 난징 둥난대학 학생이었다.

왕징즈(1902~1996)는 안후이 지시 사람으로 시인이다. 작품으로는 『혜초의 바람』, 『적막한 나라』(寂寞的國) 등이 있다.

장훙시(1900~1946)는 자가 이핑(衣萍), 안후이 지시 사람으로 작가이다.

3) 『금병매』(金甁梅). 명대 난릉소소생(蘭陵笑笑生 ; 성명 미상)이 지은 장편소설로 모두 100회이다. 명말의 사회생활을 반영하고 있으며 성적 묘사가 많은 것으로 유명하다.

4) 원문은 '鍛煉周納'. 『한서』의 「노온서전」(路溫舒傳)에 "상주문을 올리며 기각될까 두려워 벼려서 포괄적으로 받아들일 수 있게 만들었다"라는 말이 나온다. 진(晉)의 진작(晉灼)의 주에는 "정통하고 두루 알고 있어서 그를 법망에 집어넣다"라고 되어 있다.

5) 원문은 '接受不親'. 『맹자』의 「이루상」(離婁上)에 "남녀는 직접 주고받지 않는 것이 예다"라고 했다.

6) 『예기』(禮記)는 유가 경전 중의 하나. 진한 이전의 각종 예의에 관한 논의를 모아 놓은 것이다. 서한의 대성(戴聖)이 편찬했다고 전해진다.

7) 원문은 '風馬牛'로 서로 상관이 없다는 뜻이다. 『좌전』의 '희공(僖公) 4년'에 "(제나라의 임금이) 드디어 초를 정벌하려고 했다. 초나라의 사자가 장수에게 일러 '군(君)은 북해에 있고 과인은 남쪽에 있으니 발정 난 말과 소라도 서로 만날 수가 없습니다'라고 했다"라는 기록이 있다.

8) '기어계'(綺語戒)는 불가의 계율 중 하나. 불가에서는 '음란하고 바르지 않은' 말을 모두 '기어'라고 하며 이것을 금한다.

9) 『청광』(靑光)은 상하이의 『시사신보』 부간 중 하나. 루쉰이 보았다고 한 글은 1922년 11월 11일 『청광』에 실린 이푸(一夫)의 「군과 선생」(君與先生)이다.

10) 『춘추』(春秋)는 춘추시대 노(魯)의 역사서, 공자가 정리한 것으로 전해진다. 경학가들은 『춘추』가 "한 글자로 포폄을 나타내고"(두예杜預의 「좌전서」左傳序) "미언대의"(微言大義, 『한서』 「예문지」藝文志)가 숨어 있다고 했는데, 이를 '춘추필법'이라 한다.

작은 일을 보면 큰 일을 알 수 있다[1]

베이징대학에서 벌어진 수강료 징수 반대 소동[2]은 화약의 불꽃처럼 일어났다가 화약의 불꽃처럼 소멸했는데, 이 와중에 펑성싼이라는 학생 한 명이 제적당했다.

이 일은 정말 이상하다. 이 소동의 시작과 끝이 놀랍게도 다만 한 사람과 관련이 있다고 한다. 정녕 그러하다면 한 사람의 기백이 어떻게 그토록 대단할 수 있고, 반면 수많은 사람의 기백은 어떻게 그토록 미미할 수가 있단 말인가?

이제 수강료는 없어졌으므로 학생들이 승리했다. 그런데 누구 하나 이번 사건의 희생자를 위해 기도했다는 이야기는 듣지 못했다.

작은 일을 보면 큰 일을 알 수 있다. 따라서 나는 오랫동안 이해할 수 없었던 일을 깨닫게 되었으니 바로 이것이다. 산베이쯔 화원에는 량비와 위안스카이를 암살하려다 죽은 네 명의 열사의 분묘[3]가 있는데, 이 중 세 묘비에는 어찌하여 민국 11년에 이른 지금까지도 글자

하나 새기는 사람이 없느냐는 것이다.

무릇 희생이 제단 앞에 피를 뿌린 후에 사람들에게 남겨지는 것은 정녕 '제사 고기 나눠먹기'라는 한 가지뿐인 것이다.

11월 18일

주)_____

1) 원제는 「卽小見大」, 1922년 11월 18일 『천바오 부간』에 발표했다.

2) 1922년 10월 베이징대학의 학생들은 대학의 수강료 징수를 반대하는 시위를 했는데, 대학의 평의회는 학생 펑성싼(馮省三, 1902~1924)을 제적하기로 의결했다. 펑성싼은 시위가 일어난 뒤 잠시 참가했을 따름이었고 주동자는 아니었다. 펑성싼은 산둥 핑위안(平原) 사람으로 당시 베이징대학 예과 프랑스어반의 학생이었다.

3) 1912년 1월 16일 혁명당원 양위창(楊禹昌), 장셴페이(張先培), 황즈멍(黃之萌) 등 3인은 위안스카이를 폭살하려는 시도를 했으나 실패했다. 같은 해 1월 26일 펑자전(彭家珍)은 청의 대신 량비(良弼)를 폭살하는 데 성공했다. 민국 정부는 그들을 베이징 산베이쯔 화원(三貝子花園; 지금의 베이징동물원 안)에 합장하고 '사열사묘'라고 불렀다. 양, 장, 황 등 3인의 묘의 비석에는 글자가 새겨져 있지 않다.

량비(1877~1912)는 아이신조로씨(愛新覺羅氏), 자는 라이천(賚臣), 만주(滿洲) 샹황(鑲黃) 기인(旗人)이다. 금위군협통(禁衛軍協統) 겸 훈련대신을 역임했다. 우창(武昌)에서 봉기가 일어나자 제제(帝制)를 옹호하는 종사당(宗社黨)을 조직하였으며, 남북의 강화와 청 황제의 손위(遜位)를 반대했다.

1924년

'교정'하지 않기를 바란다[1]

왕위안팡[2] 군은 이미 고인이 되었다. 그가 소설에 단 표점과 교정 작업은 사소한 오류가 있기는 하지만 대체로 작가와 독자에게 도움이 되는 것이었다. 그런데 끝없는 폐단이 생길 줄 누가 짐작이나 했겠는가? 일군의 효빈[3]들이 함부로 책을 집어 너도 나도 표점 달고, 너도 나도 서문을 쓰고, 여기저기서 교정을 하면서 성실하게 하지 않아 결과적으로는 책만 망쳐 놓고 말았다.

『화월흔』[4]은 애당초 귀중본도 아닌데 누군가 표점을 달아 인쇄에 맡겼다. 물론 그 사람 마음이기는 하다. 이 책은 처음에는 목각본으로, 나중에는 활자본이 나왔다. 최근에는 석인본이 나왔는데, 오자가 아주 많고 지금 통용되는 판본의 대다수를 차지한다. 그리고 신표점본에는 타오러친[5] 군이 서문에서 "이 책의 원본은 상등품이기는 하나 오자가 여전히 많았다. 내가 교정을 했지만 불가피하게 주의하지 못한 부분이 있을 것이다……"라고 운운했다. 나는 오자가 아주 많은 석인본만 가지고 있는데 우연히 제25회의 서너 쪽을 대조해 보고는 아무래도 석인본이 낫다는 생각이 들었다. 타오 군은 석인본의 오자 가운데 많은 글자를 교정하지 않았을뿐더러 오자가 아닌데도 많은 글 자를 엉뚱하게 고쳐 놓았기 때문이다.

설보채薛寶釵와 임대옥林黛玉이야말로 허구적이고 존재하지 않는 인 물이며, 대단할 것도 없다…….

여기서 '이야말로'는 '그야말로 하나의'라는 의미인데, 교정본은 '진짜로'라고 고쳐 놓았으므로 원래의 의미와 아주 달라져 버렸다.[6]

추흔秋痕의 머리에는 주름진 비단을 두르고 있었다. …… 돌연 치 주痴珠를 만나서 웃음을 머금고 낮은 목소리로 말했다. "나는 당신이 열흘을 못 버틸 거라고 생각했는데, 그런데 왜 고생을 사서 하나요?" …… 치주는 웃으며 말했다. "나중에 다시 의논해 보지요……."

이들 둘은 모두 나락으로 빠져들었지만 이때만 해도 아주 슬퍼 하지는 않았으므로 웃고 있는 것이다. 그런데 교정본에는 '웃다'笑를 모두 '울다'哭로 고쳐 놓았다. 만나자마자 우는 것으로 만들어 놓으니 눈물이 너무 가치 없어 보인다. 게다가 "울음을 머금다"[7]는 표현도 말 이 되지 않는다.

나는 이로 말미암아 한 가지 바람이 생겼다. 서적 간행이 본시 홀

룽한 일이라고 하더라도 자신이 의미를 잘 모르는 경우에 틀린 것으로 간주하고 분연히 '교정을 가하'지 말라는 것이다. 차라리 '그대로 남겨 두는 것'이 오히려 좋을지도 모른다.

나는 이로 말미암아 다시 한 가지 의문점이 생겼다. 번역소설이 "이해가 되지 않는다"라고 공격하는 사람들이 있는데, 그들은 중국인이 쓴 구소설을 보면 진정 이해를 하기는 하는 것일까?

1월 28일

이 짧은 글이 발표된 다음 후스즈胡適之 선생을 만났는데, 왕 선생의 일을 이야기하면서 그가 아직 건강하다는 것을 알게 되었다. 후 선생은 내가 "고인이 되었다"라고 운운한 것이 그가 이제까지 해놓은 그 많은 작업으로도 이미 세상에 자신의 재능을 드러내기에 충분하다는 뜻으로 말했다고 생각하고 있었다. 이것은 실로 나로 하여금 '몸 둘 바를 모르게 만들었다.' 나의 본의는 사실 그게 아니었다. 터놓고 말하면 이미 '죽었다'라고 말했던 것이다. 그제서야 전에 들은 이야기가 허무맹랑한 유언비어였음을 알게 되었던 것이다. 이제 여기에서 삼가 왕 선생께 나의 세심하지 못함을 사죄하고 이 글의 첫번째 구절을 '왕위안팡 군은 아직 고인이 되지 않았다'라고 고친다.

1925년 9월 24일

신열과 두통 속에서 쓰다

1) 원제는 「望勿"糾正"」, 1924년 1월 28일 『천바오 부간』에 발표했다. 필명은 평성.

2) 왕위안팡(汪原放, 1897~1980). 안후이 지시 사람으로 1913년부터 상하이 야둥(亞東) 도서관에서 일했다. '5·4' 이후에 『홍루몽』, 『수호전』 등의 소설에 표점을 달아 상하이 야둥도서관에서 출판했다.

3) 효빈(效顰). 『장자』의 「천운」(天運)에 "그러므로 서시(西施)가 가슴이 아파서 얼굴을 찌푸리고 마을을 돌아다녔다. 그 마을에서 못난 여자가 보고 아름답다고 생각하고 돌아와서 역시 가슴에 두 손을 얹고 찌푸리고 다녔다. 그 마을의 부자들은 그녀를 보고는 문을 굳게 닫고 나가지 않았으며, 가난한 사람들은 그녀를 보고는 처자를 데리고 그곳을 떠났다. 그녀는 찌푸린 얼굴이 아름답다고만 생각했지 찌푸린 얼굴이 아름다운 까닭은 몰랐다"라는 말이 나온다. 후에 졸렬한 모방을 일컬어 '찌푸린 얼굴을 모방하다', 즉 '효빈'이라고 했다.

4) 『화월흔』(花月痕)은 청말 웨이슈런(魏秀仁, 쯔안子安)이 지은 장편소설로 모두 52회이다. 문사와 기녀들의 이야기이다.

5) 타오러친(陶樂勤)은 장쑤 쿤산 사람이다. 그가 표점을 붙인 『화월흔』은 1923년 상하이 량시(梁溪)도서관에서 출판했다.

6) '이야말로', '그야말로 하나의', '진짜로'에 해당하는 원문은 각각 '直是個' '簡直是一個' '眞是個'이다. 루쉰은 타오러친의 신표점본이 석인본(石印本)에 나오는 '直'을 '眞'으로 잘못 교정했다고 비판하고 있다.

7) "울음을 머금다"의 원문은 '含哭'이다. 중국어에서 '웃음을 머금다'(含笑), '눈물을 머금다'(含淚)라는 표현은 가능하지만 '소리 내어 운다'는 뜻을 가진 '쿠'(哭)를 목적어로 사용할 때는 일반적으로 '티'(啼)를 사용한다. 따라서 루쉰은 '한'(含)을 동사로 사용한 것이 잘못된 표현이라고 하고 있는 것이다.

해제 | 『열풍』에 대하여

『열풍』에는 1918년에서 1924년까지 발표한 산문 41편이 실려 있다. 마지막에 실린 「'교정'하지 않기를 바란다」(1924년 발표)를 제외하면, 나머지는 모두 1918년에서 1922년까지 쓴 글이다. 루쉰의 단편소설집 『외침』에 수록된 작품의 창작 시기와 거의 일치한다.

수록된 산문의 상당수는 『신청년』新青年의 한 칼럼인 '수감록'隨感錄에 실렸던 작품들이다. 『신청년』은 1915년 9월에 창간하여 1922년 7월에 정간된 잡지로서 5·4신문화운동을 주도하여 20세기 중국에서 가장 영향력이 있었던 잡지로 평가되고 있다. 수감록은 『신청년』의 주편이기도 했던 천두슈가 제4권 제4호(1918년 4월)에 만든 새로운 칼럼으로 '과학과 민주' 등과 같은 사상계몽을 추동하는 내용을 주로 실었다. 루쉰은 1918년 9월부터 '수감록'에 글을 쓰기 시작해서 1919년 11월까지 총 27편을 발표하는데, 이는 당시 수감록에 발표된 산문 총 편수의 근 1/5에 해당한다. 루쉰은 '수감록'을 중국의 문화적 풍경을 비판하는 공론장으로 삼았다. 루쉰은 과학과 민주로 중국의 문화를 혁신할 것을 주장하고, 이른바 '국수'國粹의 보존이라는 명분으로 신문화운동을 반대한 문화 보수주의를 비판하고 있다. '수감록'에 발표한 글은 이후 루쉰 특유의 '잡문'雜文 문체가 만들어지는 기초가 되었다는 점에서 루쉰의 글쓰기 역사에서 중요한 위치를 점한다.

나머지 14편은 1921년부터 1924년까지 『천바오 부간』에 발표한 글로서 서구문명에 대한 해박한 지식으로 세련된 문화 보수주의 이론 체계를 만들고자 했던 이른바 '국학'파들을 비판하고 있다. 따라서 문집에는 5년이란 비교적 긴 시간 동안 창작한 글들이 함께 묶여 있지만 문화 보수주의에 대한 비판이라는 주제로 일관되고 있다고 할 수 있다.

『열풍』은 1925년 11월에 출간되었다. 당시는 루쉰의 생애에서 보자면 삶의 새로운 전환점을 맞이하는 시점이기도 했다. 가오창홍高長虹 등 신진 청년들을 지원하여 잡지 『망위안』莽原을 만들고 베이징 여사대 학생으로 후에 루쉰의 아내가 된 쉬광핑許廣平과의 서신 왕래가 시작되던 해이기도 하고 3·18 참사 등에 관하여 후스胡適 등 자유주의 문학을 주장한 『현대평론』 동인들과 신랄한 논쟁을 벌이기도 하고 학생운동을 지원한다는 등의 이유로 교육부 첨사 직에서 해임되기도 했다. 루쉰은 『열풍』의 출판에서 '비애'를 느낀다고 했다. 자신이 과거에 쓴 사회비판의 글들이 한 시대의 폐단과 더불어 사라지기는커녕 새삼스럽게 다시 편집되어 책으로 출판되는 현실을 슬퍼했기 때문이다.

'열풍'이라는 제목은 냉소적인 문체로 지목되는 자신의 글과 주위의 차가운 공기에 대한 '아이러니'이다. 루쉰은 온통 차갑기만 한 세상에 아이러니컬한 방식으로 자신이 품고 있는 뜨거운 말, 뜨거운 바람을 불어넣고 있는 것이다.

옮긴이 이보경